시의
마음을
읽다

SHI NO KOKORO WO YOMU
by Noriko Ibaragi
ⓒ 1979 by Osamu Miyazaki

First published 1979 by Iwanami Shoten, Publishers, Tokyo.
This korean edition published 2019 by Geulhangari Publishers, Paju
by arrangement with the proprietor c/o Iwanami Shoten, Publishers, Tokyo.

시의
마음을
읽다

시인이 읽어주는 40여 편의 시

이바라기 노리코 지음
조영렬 옮김

에쎄

들어가며

좋은 시에는 사람의 마음을 풀어주는 힘이 있습니다. 좋은 시는 또 살아 있는 모든 것을 가엾고 소중하게 여기는 마음을 부드럽게 끌어냅니다. 어느 나라에서든 시는 그 나라 언어의 고갱이입니다.

저는 오랫동안 시를 썼습니다. 다른 이의 시도 많이 읽었습니다. '그런 세월 속에서 마음 깊은 곳에 내려앉아 그윽한 향기를 간직하고, 나를 몇 겹이나 풍요롭게 해준 시들이여 나와라!' 하고 주문을 외자, 맨 처음에 떠오른 게 이 책에서 다룬 시들입니다. 한번 빗장이 풀리자 끊임없이 줄줄이 나타나서 곤란할 지경이었습니다만, 제일 먼저 모습을 드러낸 게 제가 가장 잊기 어려운 시겠지요. 그래서 망설임 없이 그것만으로 책을 꾸몄습니다.

제가 좋아한 시를 '다시 이모저모 뜯어보자. 왜 좋은가, 왜 내 보물인가, 그걸 가능한 한 검증해보자. 소중한 것들이 왜 소중한지 정열을 담아 찬찬히 말해보자. 그리고 그것이 젊은

이들에게, 시의 매력을 접하는 계기라도 되었으면' 하는 바람을 담아 썼습니다. 전후戰後의 시로 한정했지만, 전쟁 전의 시도 세 편, 외국시도 두 편 넣었습니다. 읽기 쉽게 원시에는 없는 한자 독음을 붙인 곳도 있습니다.

자연스럽게 떠오른 것을 어떻게 배열할까 생각하다, 우연히 '탄생에서 죽음'까지로 되어버렸는데, 처음부터 계획한 것은 아닙니다.

어디서부터든 마음 가는 대로 읽으세요. 이렇게 말씀드리면 '사랑 노래'만 읽고 마실지도 모르겠지만.

젊은 시절에는 잘 알지도 못하면서 시시하게 여기거나 묘하게 마음에 걸리거나 했던 시가 세월이 지나고 나니 다시 한번 읽고 싶어, 기억나는 두세 줄이나 제목 따위를 실마리 삼아 필사적으로 찾아본 경험이 저에게도 있기에, 그러니까 일종의 '어려움' 같은 것도 두려워하지 않았습니다.

시를 인용하는 것을 흔쾌히 허락해주신 분들, 마음대로 쓰게 처음부터 마지막까지 저를 매우 존중해주신 편집부 이와사키 가쓰미 씨, 시마자키 미치코 씨. 고맙습니다. 이분들이 힘을 보태주셔서 겨우 완성했습니다.

이바라기 노리코

차례

3장 **사느라 아등바등**

4장 **고개**

일러두기

1. 이 책은 茨木のり子, 『詩のこころを讀む』(岩波ジュニア新書, 1979)를 번역한 것이다.
2. 미주는 모두 옮긴이의 것이다.

1장
태어나서

슬 픔

다니카와 슌타로

저 파란 하늘의 물결소리가 들리는 언저리에서

뭔가 엄청난 것을

나는 잃어버리고 만 것 같다

투명한 과거의 역에서

유실물 센터 앞에 서 있자니

나는 왠지 슬퍼졌다

_ 시집 『이십억 광년의 고독』1

유실물 센터에 신세진 적이 있는 사람이 많을 것입니다. 잃어버린 물건을 찾는다면 기쁘겠지만, 흔적도 없이 사라져버렸을 때는 쓸쓸하지요. 유실물이 많은 탓인지 담당 직원은 사무적으로 일을 처리하고, 말도 매우 딱딱합니다.

이 시에 나오는 유실물 센터에는 직원이 있었을까요. 인적이 없는 역. 왠지 아무도 없었을 듯한 느낌이 듭니다. 더구나 잃어버린 물건이 무엇이었는지조차 잊어버리고, 잃어버렸다는 감각만이 남아 있어, 난처하기 짝이 없는, 모든 것이 애매하고, 그런데도 기묘하게 투명한 세계.

태어날 때, 사람은 어떤 곳을 지나서 온 걸까요.

"나는 어째서 '지금, 여기' 있는 걸까."

"도대체 뭘 하고 있는 걸까."

"무얼 하려고 태어난 걸까."

생각날 듯 생각날 듯 잘 생각나지 않는 세계. 분명 부모가 있으니까 태어난 것이겠지만, 또 다른, 추상적인 곳으로 생각이 기울어지려 할 때, 사람은 청춘의 입구 가까이에 선 것이겠지요.

일본어에는 '철이 든다'는 멋진 표현이 있습니다만, 몸이 늘 세포분열을 되풀이하며 커지듯 마음의 세계에서도 유년시절의 단일함으로부터 분열의 기미를 보이기 시작합니다. 자기를 객관적으로 파악하려 들기 시작하고, 뭔가 있어야 할 것이 없다는 느낌에 사로잡혀 괴로워집니다. 「슬픔」이라는 시도 그러한 물음의 하나일지도 모릅니다.

다니카와 슌타로에게는 하늘을 다룬 뛰어난 시가 많습니다만, 파란 하늘에는 젊고 다감한 사람의 마음을 끄는 무언가가 있는 모양으로, 이시카와 다쿠보쿠도,

인적도 없는 성터 잔디밭 위에 누워 있다가
하늘에 빨려버린
열다섯 살의 마음
(『한 줌의 모래』)

이라 노래한 적이 있습니다.

사실은 색깔 따위는 없는 망망한 우주 공간, 그런데도 새파랗게 보이는 끝없는 하늘 — 이리저리 뒹굴면서 보고 있자니 나는 엄마 배 속에서 태어난 게 아니라, '저 파란 하늘의 물결소리가 들리는 언저리'를 지나 지상에 왔다, 그런 실감이 강하게 든 모양입니다.

파란 하늘을 응시하고 있으면,

나에게 돌아갈 곳이 있는 것 같은 기분이 든다
(『예순둘의 소네트』)

라는 시구절도 있는 걸 보면, 그런 생각은 다니카와 슌타로를
특징짓는 하나의 선율인지도 모르겠습니다.

태어난 나라를 떠나 여행지나 다른 나라에서 살 때, 그곳을
객지客地라고 합니다만, 왠지 쓸쓸한 울림이 깃든 이 말에는,
사실은 내가 있을 곳이 아니라, 아무리 오래 살아도 결국은
나그네에 불과하다는 초조함이 묻어 있습니다. 조국의, 고향
의 생가로 되돌아가면 자유롭고 편안하고 아무런 번민도 없
느냐 하면 그렇지도 않고, 여전히 어딘가 진정 돌아가야 할
곳이 있는 듯한 기분이 든다, 그런 사무치는 느낌이 많은 이
들을 심심찮게 덮칩니다. 어린아이가 제 집에 있으면서도 '집
에 가자, 집에 가자' 발을 동동 구르며 울 때가 있어 어른들
은 웃습니다만, 어리면 어린 만큼 이런 마음(향수)이 강렬한
건지도 모릅니다.

「슬픔」은 시인이 10대 시절에 쓴 작품입니다만, 젊은 시절이
아니면 쓸 수 없는, 잡티 하나 없는 순수함을 담고 있어 읽는
사람의 마음을 울립니다.

'뭔가 엄청난 것'을 잃어버렸다고 했는데 그건 무엇이었을까

요? 전생이라는 게 있다면 전생의 기억일지도 모르고, 어쩌면 기꺼이 하겠다고 떠맡은 뭔가 중대한 임무였는지도 모르겠습니다. '무언가 소중한 것을 잊고 있다'는 이 '감각'은 시가 다루는 커다란 주제 중 하나입니다만, 일본어로 이만큼 투명하게 표현된 예는 지금까지 없었지 않나 싶습니다.

잔 디

다니카와 슌타로

그리고 나는 언젠가

어디로부터인가 와서

문득 이 잔디 위에 서 있었다

해야 할 일은 모두

내 세포가 기억하고 있었다

그래서 나는 인간의 꼴을 하고

행복에 대해서 지껄이기까지 했던 것이다

_ 시집 『한밤중에 부엌에서 나는 너에게 말을 걸고 싶었다』

「잔디」는 작가가 40대가 되고 나서 쓴 작품입니다. 다니카와 슌타로의 첫 번째 시집 제목이 『이십억 광년의 고독』인 탓도 있고 해서, 지금도 '왠지 우주인이 쓴 것 같은 시'라는 비평이 나오곤 합니다. "우주인이 지구에 와서, 인간의 꼴을 하고, 아무렇지도 않은 얼굴로, 시 따위를 쓰고 있는 녀석 아니야?" 우주인이라고 하면, 왠지 최신식 현상 같습니다만, 가구야 공주[2] 또한 그렇지 않을까요. 가구야 공주는 왜 대나무 밑둥치에서 빛을 발하고 있었을까, 그리고 무슨 까닭으로 천상天上으로 다시 되돌아갔을까, 하늘에서 죄를 범한 벌로 더러운 지상에 내려오게 되었다는 암시가 슬쩍 나옵니다만, 『다케토리 모노가타리』를 원문으로 읽어보아도 아무래도 의문은 풀리지 않습니다. 하늘 옷을 입자마자 지구에서의 생활은 싹 잊어버리고, 하늘을 나는 수레를 타고 저 멀리 사라져갑니다. 애매하면서도 아름다운 이 『다케토리 모노가타리』가 일본에서 제일 처음 나온 모노가타리(이야기)의 원조가 된 것은 왜일까요. 나이를 먹을 만큼 먹었는데도 저는 그런 게 재미있어, 되풀이 되풀이 생각하곤 합니다.

다니카와 슌타로의 말에 따르면, 「잔디」는 뭔가 신이라도 들린 것처럼 술술 써진 모양으로, 나중에 '왜 이런 거를 썼지' 하고 깜짝 놀랐다고 합니다. 30년간 시를 써온 실적이 '해야 할 일은 모두 내 세포가 기억하고 있었다'라고 말하게끔 했는지도 모릅니다.

소년 시절에 쓴 「슬픔」이라는 시와 40대에 쓴 「잔디」는 어딘가 이어져 있는 느낌이 들고, 그 점이 아주 흥미롭습니다. 기억을 상실한 '슬픔'을 대신하여, 손과 발 따위가 구체적으로 임무 수행 시기를 기억하여 활동하고 있었다는 걸까요. '당신의 세포가 기억하고 있던 것은 무엇이었습니까?' 물어봤자, 작가도 잘 대답할 수 없겠지요. 하지만 다니카와 슌타로가 쓴 많은 시 안에 그 대답은 분명히 숨어 있으므로, 나중에 언급하기로 하겠습니다.

I was born

아마도 영어를 배우기 시작한 지 얼마 지나지 않아서다.

어느 여름날 밤. 아버지와 함께 사찰 경내를 걷고 있는데 푸른 저녁 안개 속에서 떠오르듯이, 하얀 여자가 이쪽으로 걸어왔다. 나른하게, 천천히.

여자는 임신한 것 같았다. 아버지 눈치를 보면서도 나는 여자의 배에서 눈을 떼지 못했다. 아버지는 무슨 말이냐는 듯 내 얼굴을 들여다보았다. 나는 되풀이했다.

— I was born 말이야. 수동태라니까. 제대로 말하면 사람은 태어나는 거야. 자기 의지는 아닌 거지.

그때 아버지는 아들의 말을 듣고 얼마나 놀랐을까. 아버지 눈에 내 표정은 그저 천진난만하게 비쳤을까. 그런 것을 살피기에

나는 아직 너무 어렸다. 내게 그 일은 단순한 문법상의 발견에 지나지 않았으니까.

아버지는 아무 말 없이 한동안 걸은 뒤, 뜻밖의 이야기를 했다.

― 하루살이라는 벌레는 말이다. 태어나고 나서 이틀, 사흘 뒤에 죽는다고 하던데 그러면 도대체 무얼 위해서 세상에 나온 걸까 그게 몹시 마음에 걸렸던 때가 있었단다.

나는 아버지를 보았다. 아버지는 계속했다.

― 친구에게 그 이야기를 했더니, 어느 날 이게 하루살이 암컷이라며 확대경으로 보여주었다. 설명에 따르면, 입은 완전히 퇴화해서 먹는 데 적합하지 않다. 위를 열어봐도 들어 있는 것은 공기뿐. 보니까 그 말 그대로였다. 그런데 알만은 배안에 가득해서, 홀쭉한 가슴께까지 들어차 있었다. 그것은 마치 아득하게 되풀이되는 생과 사의 슬픔이 목구멍까지 치밀어오른 것처럼 보였다. 차가운 빛의 알갱이들이었지. 내가 뒤돌아보며 친구에게 "알"이라고 하자 개도 끄덕이며 대답했다. "가여워라." 그런 일이 있고 얼마 지나지 않아서였단다. 엄마가 너를 낳고 바로

돌아가신 건.

그 뒤의 아버지 이야기는 이제 기억나지 않는다. 다만 한 마디 통증처럼 애타게 내 뇌리에 새겨진 말이 있다.
- 홀쭉한 엄마의 가슴께까지 숨막히게 메우고 있던 하얀 나의 육체.

_ 시집 『소식』

'태어나는 것은 수동태'라는 문법상의 발견에서 이 시는 만들어집니다. 누구라도 영어를 배울 때 그렇게 배웁니다만, 다만 막연히 '수동태구나……' 하고 넘어가고 말 텐데, 요시노 히로시는 깜짝 놀라 멈춰 서서 산문시 한 편을 썼습니다. 물론 긴 시간을 들여서. 그 '놀라움'이라는 시의 씨앗이 꽃을 피우기까지 10년은 지났겠지요.

이제까지 태어남을 이렇게 파악한 일본의 시인은 없었습니다. 일본 이외에도 없을지 모릅니다. 이 시는 영어로도 번역되어 있습니다만, 영어권에서 사는 사람들에게는 더욱 신선할지도 모르겠습니다. 왜냐하면 제 나라말이란, 너무 익숙해서 평소에 문법 따위 신경도 쓰지 않고 지껄이는 법이니까요.

일본어도 '몇 년 몇 월 며칠에 나는 이 세상에 튀어나왔습니다'라고 말하는 사람은 없고(동화를 제외하면), 대개는 '태어났다'(태어나진다)고 하니, 이것도 수동태이긴 합니다만, 일본어 문법을 배울 때였다면 시인도 펄쩍펄쩍 뛸 만큼 발견의 기쁨을 얻었을까요. 외국어였기 때문이었겠지요. 듣고 나면 하등 색다를 것 없는 '콜럼버스의 달걀' 같은.

'내가 원해서 태어난 게 아니야'라고 밉살스러운 말을 지껄이는 아이도 많고, '그런데도 이래라저래라 잔소리를 해대니 앞뒤가 맞질 않아'. 어린 시절에는 누구나 막연히 그렇게 느낍니다. 수동태로 주어진 삶을, 이번에는 분명하게 자신의 삶으로 받아들여 주체적으로 파악해야만 합니다. 생각해보면 앞뒤가 맞지 않는 꽤 난해한 일을 사람들은 잘 해내고 있는 셈입니다. 그러한 인식에 아름다운 꼴을 입혀 읽는 사람의 머리를 산뜻하게 통일시켜줍니다. 하루살이 이야기와 엄마의 죽음이 그늘을 이루며, 하나의 인간이 태어난다는 사실의 깊이와 신비를 열어 보입니다.

축제

자크 프레베르
오가사와라 도요키 옮김

엄마의 흘러넘치는 물속에서

나는 겨울에 태어났다

1월의 어느 밤

몇 달 전

봄이 한창일 때

내 엄마 아빠 사이에

불꽃이 올랐다

그것은 생명의 태양이었고

나는 벌써 그 안에 있었다

그들은 내 몸에 피를 부어넣었다
그것은 샘에서 나온 술이었다
창고에서 나온 술이 아니었다
나도 언젠가
그들과 마찬가지로 떠나겠지

_ 시집 『구경거리』

자크 프레베르는 프랑스 시인. 샹송 「고엽」의 작사가이기도 하고, 영화 「천국의 아이들」 「왕과 새」 등의 대본도 쓴 다채롭게 활동한 사람입니다.

세상에 태어난 것을 '아빠와 엄마 사이에 어느 날 생명의 불꽃이 올랐고, 그 결과 내가 존재하고 있는 거구나' 이렇게 느낄 수 있는 밝음과 대범함이 멋집니다. 그리고 또 그렇게 생각할 수 있는 사람은 행복한 사람이겠지요. 축복도 받지 못하고 부모의 얼굴도 모르는, 불행의 결과로 태어난 사람도 이 세상에는 많기 때문입니다.

기원전에 활동한 중국의 사상가 노자나 장자 같은 사람은 '하늘과 땅의 정기가 뭉쳐서 이슬이 되는 것처럼, 사람의 생명 또한 그러한 것'이라고 생각했습니다. 이것 또한 어마어마한 대범함이네요. 하지만 저는 이렇게 생각하는 방식이 너무나 마음에 듭니다. 아빠와 엄마, 남자와 여자라는 것은 일시적인 모습이고, 하늘과 땅의 정기가 어느 날 어느 때 응축되어 '나'라는 결정結晶을 이루었다—라고 생각하면, 어떻게 태어났든지 간에 꿍꿍대며 걱정할 필요 없고, 100세까지 살았다 하더라도 커다란 눈으로 보자면 그저 반짝반짝 빛나다 사라지는 아침이슬 같은 건지도 모릅니다.

전 설

호수에서

게가 기어올라오면

우리는 그것을 새끼줄로 동여매서

산을 넘어

시장의

자갈투성이 길에 선다

게를 먹는 사람도 있는 것이다

새끼줄에 매달려

털이 난 열 개의 발로

허공을 긁어대면서

게는 돈이 되고

우리는 한 줌의 쌀과 소금을 사서

산을 넘어

호수 언저리로 돌아온다

여기는

풀도 마르고

바람은 차고

우리 오두막집은 등을 켜지 않는다

어둠 속에서 우리는

우리 아빠 엄마의 옛일을

되풀이

되풀이

우리 아이들에게 전한다

우리 아빠 엄마도

우리처럼

이 호수에서 게를 잡아

저 산을 넘어

한 줌의 쌀과 소금을 들고 돌아와

우리를 위해

뜨거운 죽을 끓여주었던 것이다

우리는 머지않아 또

우리 아빠 엄마처럼

바싹 마른 작은 몸을

가볍게

가볍게

호수에 버리러 갈 테지

그리고 우리가 벗은 허물을

게는 흔적도 없이 먹어치우겠지

옛날

우리 아빠 엄마의 허물을

흔적도 없이 먹어치웠듯이

그것은 우리의 바람이다

아이들이 잠들면

우리는 오두막집을 빠져나와

호수에 배를 띄운다

박명薄明의 호수 위

우리는 덜덜 떨면서

다정스럽게

고통스럽게

한 몸이 된다

_ 시집『함호鹹湖』

프레베르는 서쪽의, 아이다 쓰나오는 동쪽의 시인입니다만, '태어남과 죽음'을 파악하는 발상이 너무나도 닮아 있어 놀랍습니다.

나도 언젠가
그들과 마찬가지로 떠나겠지
(프레베르)

우리는 머지않아 또
우리 아빠 엄마처럼
바싹 마른 작은 몸을
가볍게
가볍게
호수에 버리러 갈 테지
(아이다 쓰나오)

태어남을 그저 '멋지고 눈부신 것'이라 무턱대고 찬양하지 않고, 그 배후에 딱 달라붙어 있는 죽음을 놓치지 않는 것. 그것이 시인의 표현인지도 모르겠습니다. 다니카와 슌타로, 요시노 히로시의 작품도 그랬습니다. 그림을 그릴 때, 그늘을 잘 그리지 못하면 빛이 살아나지 않는 것과 같겠지요.

이 시에 나오는 게는, 대게나 털게처럼 바다에 사는 맛있는 게가 아니라, 민물에서 나는 게 같습니다. 중국에는 강에 사는 게는 먹지 않는 지방도 있다고 하는데, 예부터 전쟁이 나면 강에 가라앉은 시체를 게가 먹어치워 통통해지기 때문에, 꺼림칙해서 먹을 수 없다는 겁니다. 구전으로 내려오는 그런 이야기도 이 시의 밑바닥에 깔려 있어 '게를 먹는 사람도 있는 것이다'라는 이상야릇한 표현이 나온 것이겠지요.

쌀·소금·뜨거운 죽·게, 이런 단순한 말만으로 생활과 인생을 암시했고, 마지막 연의 섹스 묘사도 보기 드물게 아름답습니다. 프레베르의 그것보다 나으면 나았지 못하지 않습니다. '한 몸이 된다'는 좋은 일본어가 있다는 사실도 새삼 알게 되고.

태어난다는 것, 아이를 낳는다는 것, 죽는다는 것, 지금도 이런저런 장식을 벗겨내면 생의 원형은 이 '전설'로 집약되지 않을까요.

이 작품은 수묵화처럼 중후한 격조가 있어 '내가 아끼는 한 장의 그림'처럼 마음 깊은 곳에 소중히 간직하는 사람이 많습니다.

봄의 문제

쓰지 유키오

또 봄이 되어버렸다

이것이 몇 번째 봄인지

나는 알지 못한다

인류 출현 전의 봄도 또한

봄이었을까

원시시대에는 사람은

이것이 봄인지 뭔지 모른 채

(그저 요컨대 지금이라고 생각하고)

근처에 마구 핀 봄꽃을

멍하니 원시적인 눈매로

바라보거나 했을까

미풍에 팔랑팔랑 춤추며 떨어지는 작은 꽃

혹은 털썩 머리 위로 떨어져내리는 거대한 꽃

아아 이 꽃들이 주식主食이었다면 생활은 얼마나 편했을까

애당초 내가 공룡 따위를

죽일 수 있을 리가 없잖은가 제기랄

하며 원시어原始語로 중얼거리며

돌도끼랑 나무몽둥이 따위를 슬쩍 쳐다보다

무릎을 끌어안고 생각에 잠긴다

그런 사내도 있었을까

하지만 할 수 없잖아 힘을 내야지 하며

그가 다시 동굴 바깥의 꽃들에게 눈을 되돌리자

놀라워라!

그 짧은 순간에

해는 벌써 완전히 져서

코앞까지 두꺼운 어둠과

망령亡靈의 맘모스 따위가

오싹할 정도로

다가와 있었던 것이다

수염투성이

원시시대의

원시인이여

불안과

다양한 종류의

두려움을

잘도 견디고 오늘날까지

살아왔구나 칭찬해주고 싶지만

너는

곧 나고

나는 너이니

자화자찬은 삼가고 싶다

_ 시집 『스미다가와까지』

'생명'을 저 하나의 것個으로 파악하고 있지 않습니다. '과거와 대과거大過去도 압축되어 내 몸에 흘러들어와, 인류의 역사는 모두 내 몸 안에 있다'고 말하는 헌걸찬 시겠습니다만, 표현은 얌전하고 수줍기 짝이 없어, 뭐라 말할 수 없는 고급스러운 해학이 감돌고 있습니다.

실제로 손금을 자세히 보거나, 지문을 응시하거나 하다보면, 내 손인데도 정말로 내 손인가? 어디부터가 내 손이지? 기묘한 느낌이 들 때가 있습니다. 이 손 안에, 몸 안에, 아빠 엄마 할머니도 있고, 얼굴도 모르는 선조들도 있고, 상처가 나면 나오는 피가 내 것인데도 완전히 내 것도 아닌 듯한. 한자를 계속 가만히 바라보고 있으면, 각각의 선이 제각기 분해되어 정체를 알 수 없는 느낌에 빠져드는 것과 비슷합니다.

과거는 모두 사라져버린 것이 아니라 '지금' 살아 있는 것들의 맥박과 숨결, 피의 흐름에 섞여서 '함께 살며 떠들어대고' 있는 게 아닐까요.

재미있는 시입니다.

원시시대의 한심한 인간을 자기와 같은 부류로 보았기 때문에 더욱 친밀감이 들고, 마지막 4행에 이르러 절로 공감의 미소를 짓게 되니, 자화자찬을 삼가는 대신에 '확실히, 뭐랄까,

봄의 문제네요' 하며 술이라도 마시면서 지은이와 함께 허튼
소리를 주고받고 싶은 마음이 듭니다.

2장
사랑 노래

길 에 서 우 연 히

오카 마사후미

길에서 우연히

만났다요

아무렇지도 않게

만났다요

그리고 둘 다

모르는 체

지나쳤다요

하지만 나에게

이것은 온 세상이

휙 뒤집힐

일이다요

그 뒤

몇 번이나

이 길을 걸었다요

하지만 두 번 다시

만나지 못했다요

_ 시집 『나는 열두 살』

1975년, 열두 살에 자살해버린 오카 마사후미의 『나는 열두 살』이라는 시집에 실린 시입니다.

'나는 왜 태어났을까?' 따위를 생각하며 갈팡질팡하는 사이, 몸은 쑥쑥 자라서 이번에는 영문도 모른 채 아이를 낳는 처지가 되어 있습니다. 눈 깜짝할 사이에 벌어진 일입니다.

어리고 미숙한 시입니다만, 열두 살 소년의 마음에 벌써 이성을 생각하는 마음이 싹트고, 마음에 든 소녀(아마도)를 만나 가슴이 흔들리고, 그것은 자기에게 온 세상이 획 뒤집힐 만한 대사건입니다. 또 만나고 싶었는데 '두 번 다시 만나지 못했다'고, 가차없는 리얼리즘으로 끝나고 있는 것이 애절합니다. 자기의 존재 이상으로 타인의 존재가 마음에 걸리고, 경우에 따라서는 타인을 위해 죽을 수조차 있는, 불가사의한 사랑의 메커니즘은, 열두 살 시인이 직관으로 포착하고 있듯이 정말로 온 세상이 획 뒤집힐 만한 일입니다. 가네코 미쓰하루의 「길가의 정인情人」이라는 시가 있는데, 이것은 어른의 시입니다만 오다가다 만난 연인이라는 의미에서 발상은 완전히 같습니다.

새나 나비였다면 금방 행동 개시가 가능했겠습니다만, 사람은 그렇게 간단히 움직이긴 어렵지요. 오카 마사후미의 시에는 '나는 열아홉 살'이라든지 '짝사랑' 같은 단어가 산재散在하고 있어, 무리하게 어른 흉내를 내는구나 싶은 느낌은 꽤 듭니다. 구석구석까지 읽어보아도 어린 마음에 어떤 드라마를 품고 있었는지, 자살한 동기는 알 수가 없습니다.

하지만 「길에서 우연히」라는 시에서, 이 알지 못하는 소녀의 혼을 그야말로 '우연히' 만난 듯한 느낌이 듭니다. 5년, 10년을 사귄다 하더라도 잘 파악할 수 없는 게 사람 마음입니다만, 좋은 시는 단번에 한 인간의 혼을 벼락처럼 보여줄 수 있습니다. 먼 옛날 사람이더라도 아주 가까이 알고 지내는 누구보다 친숙한 느낌이 들게 만드는 것도 시가 지닌 힘의 하나겠습니다.

열두 살쯤 된 소년과 이야기할 때, 종종 이 시가 제 뇌리를 스쳐갑니다.

11월

안자이 히토시

종소리가 그친다 종소리가

한바탕 나뭇잎 사이로 새어들던 햇살처럼

구름이 물러간다 보슬비 구름이

커다란 칠판지우개처럼 하루의 흔적을 지우면서

하늘 초등학교 수업이 겨우 끝났는데도

뭔가 벌 받느라 남겨진 한 명의 소녀

소녀는 몇 번이나 예레미야 애가를 암송하고 있다

더구나 1장 1절부터, 얼마나 고생스러울까

(슬프다 옛날에는 사람으로 가득 찼던 이 성읍 이제는 야모메寡婦처

럼 되었구나)

야모메라는 건 새 이름일까

새라면 나 같은 거보다 불행한 새가 틀림없다

나는 소녀가 용서받고 돌아오기를 기다리고 있다

옅은 가랑비에 젖으면서 얼마 남지 않은 하루를 언제까지나

_ 시집 『꽃집』

지은이는 기독교인이기 때문에, 소녀가 벌로 암송하고 있는 것은 '예레미야 애가哀歌'입니다.

야모메가 미망인을 뜻하는 단어임을 알면서도, 발음이 비슷한 가모메(갈매기)에서 온 것인지 '야모메라는 건 새 이름일까/ 새라면 나 같은 거보다 불행한 새가 틀림없다'고 시치미를 떼는데, 그것이 꽤 괜찮은 효과를 내고 있습니다.

역驛의 메모판 등에는 기다리는 이가 오지 않아 안달이 나서 성내는 말들을 휘갈겨 적은 사람들이 있습니다. 이 시는 완전히 반대로, 넉넉하게 기다리고 있는 것조차 즐기고 있는 운치가 있어 '얼마 남지 않은 하루를 언제까지나'라는 말은 어쩌면 1년일지도 모르고, 일생일지도 모른다는 생각이 들게 합니다. 곰곰 생각하면, 현실에서 초등학생과 데이트한다는 것도 조금 이상한 이야기이고, 늦가을, 하늘 한쪽에서 무언가 아주 맑은 계시 같은 것을 받았고, 그것이 소녀라는 형태를 취한 것에 불과한, 실제로는 훨씬 깊은 종교적인 기도나 동경을 드러내고 있는 건지도 모릅니다.

'예레미야 애가'는 예레미야라는 예언자가 예루살렘이 함락된 뒤 황폐해진 것을 탄식하는 '슬픈 노래'로, 구약성경에 들어 있습니다.

안자이 히토시가 「11월」을 쓴 것은 패전 후 얼마 지나지 않아

서이고, 전시에는 젊은 기독교인으로서 부부가 둘 다 경찰의 혹독한 취조에 시달리기도 했던 사람이므로, 눈앞에 펼쳐진 비참한 패전 광경에 구약 시대에 패망한 이스라엘 민족이 겹쳐졌다 해도 이상할 건 없습니다.

나는 소녀가 용서받고 돌아오기를 기다리고 있다

이 구절은 거꾸로 '절대로 용서받을 수 없는 것, 풀려날 수 없는 것'을 암시하고 있는 듯하고, 연약하고 순수한 소녀라는 형식을 빌려 기독교에서 말하는 원죄를 표현한 듯도 합니다. 사람이 사람을 심판한 전범戰犯 등과 차원을 달리한 존재. 그러한 것이 이 시의 바닥에 깔려 있습니다. 아무튼 목소리가 맑은 청초한 소녀를 언제까지나 기다리고 있는 이가 장신의 미청년 같은 생각이 들게, 심원深遠한 것의 방향을 틀어 향기로운 사랑 노래처럼 쓴 솜씨는 얄미울 정도로 뛰어납니다.

본능에 촉발된 일시적인 사랑은 누구에게나 가능하겠지요. 하지만 사랑은 좀 더 의지적이고 지속적인 것이 아닐까요. 더구나 대부분의 보통 사람에게는 사랑으로 곧장 가는 것은 너무 어려워서, 연애를 통과함으로써 어쩌어찌 사랑에 이르는 경우가 많은 것 같습니다. '연애'와 '사랑'이라는 말은 혼동되어 동의어처럼 사용됩니다만, 시인들은 그것을 꽤 주의 깊게 다루고 있습니다. 좋아하는 시를 꺼내어보고, 이번에 처음으로 알게 되었습니다.

「11월」 전체의 감미로움은 연애에 가깝고, 기다리는 태도에 드러난 의지적인 모습은 사랑에 가까워, 말하자면 둘 모두에 걸쳐서 공중에 매달려 있는 듯한 것이 이 시가 지닌 매력의 원천인지도 모릅니다.

그 것 은

구로다 사부로

그것은

신앙심 깊은 당신의 아버지를

절망의 골짜기로 떨어뜨렸다

그것은

당신을 자랑거리로 여기고 있던 친구를

우스꽝스러운 투덜이로 만들어버렸다

그것은

당신 이웃들의 지루한 수다 자리에

새로운 웃음의 소용돌이를 불러일으켰다

그것은

선행과 무지無智를 쌓아온 사람들이

서로의 우거지상을 겨루게 만들었다

무슨 술렁거림이

당신을 감싸버렸던 것일까

어느 날 저녁

나무숲을 빠져나가는 바람처럼

무엇이 당신을

내 팔 안으로 데려왔던 것일까

_ 시집 『한 명의 계집에게』

연애는 남이 보면 종종 우스꽝스럽고 바보 같고 일종의 병처럼 보여 사람들의 입방아에 오르기 딱 좋고, 당사자들도 또 그런 것에 대해 아주 배타적으로 처리합니다.

『한 명의 계집에게』는 전후 출판된, 가장 뛰어난 연애시집으로 높이 평가됩니다. 지금 읽어도 조금도 낡은 느낌 없이 상쾌해서, 패전 후 모두 아사 직전인 남루한 난민들의 시대에 쓰였다고는 믿기 어려울 정도입니다. 남방에서 돌아온 귀환병으로 매우 황폐한 나날을 보내고 있던 시인이 하나의 사랑을 얻어, 다시 살아갈 힘을 되찾아가는 과정이 싱싱하게 그려진 연작으로, 더구나 그 소녀가,

어리석기가
꼭 나와 같고
가난뱅이에 변덕쟁이
옹고집
가슴의 단추에는 야콥센의 장미
두 눈에는 불신앙의 비애
포도씨를 뱉어내듯
독설을 내뿜는
입술 양옆에 깊은 보조개

(「도박」)

하는 식으로, 특별히 미화되지 않은 점이 신선합니다.

환상이 아니라 있는 그대로의 나를 사랑해주는 것은 편안한, 누구든 바라는 일이겠지만, 부모님 말고는 그렇게 해주지 못합니다. 한 명의 소녀에게 구원받으면서, 동시에 아버지가 딸을 보는 듯한 눈길도 섞여 있는, 남성의 두 면모를 자기도 모르게 드러내고 있습니다.

야콥센은 덴마크의 작가로 단편소설집으로 『여기라면 장미가 필 것이다』가 있고, 이는 당시 시인의 애독서였을지도 모르겠습니다.

나는 완전히 달라져버렸던 것이다
참으로 나는 어제와 같은 넥타이를 매고
어제와 마찬가지로 가난하고
어제와 마찬가지로 아무런 쓸모가 없다
그런데 나는 완전히 달라져버렸던 것이다
참으로 나는 어제와 같은 옷을 입고
어제와 마찬가지로 주정뱅이이고
어제와 마찬가지로 서투르게 이 세상에 살고 있다

그런데 나는 완전히 달라져버렸던 것이다
아아
비웃음과 히죽거리는 웃음
입을 찡그린 웃음과 바보 같은 웃음 속에서
나는 가만히 눈을 감는다
그러자
내 안을 내일 쪽으로 나는
희고 아름다운 나비가 있는 것이다
(「나는 완전히 달라져」)

좋아하는 사람에게 내 마음이 시원하게 전달되었을 때, 받아
들여졌을 때, 혹은 좋아했던 사람이 자기와 마찬가지로 호의
를 품고 있었음을 알았을 때, 그 사실을 고백받았을 때, 그
럴 때는 익숙한 풍경과 주변의 모습이 싹 바뀌어 다른 빛깔
을 띠고 빛나는 일이 있습니다. '완전히 달라져버리는' 것입니
다. 계속 연애를 하는 사람이란, 이런 기적을 몇 번이고 맛보
고 싶은 사람인지도 모르겠습니다.
흰 나비는 '나도 살 수 있다'는 희망을 형상화한 것으로, 지그
재그로 훨훨 나는 나비의 움직임이 보이는 듯합니다.
이 시를 읽으면, 자기들만의 비밀이 보편적인 깊이에 도달하

여 다른 연인들에게도 '과연 그렇구나' 싶게 만드는 구석이 있습니다. 제 생각을 깊이 파고 내려가면, 우물을 파듯 파고 내려가면, 땅 밑을 흐르는 공통의 수맥에 맞닥뜨리는 것처럼, 전체에 통하는 보편성에 도달합니다. 그것이 가능할 때 비로소 '표현'이라고 부를 수 있는 거겠지요.

연애시는 지금도 많이들 쓰고 있습니다만 『한 명의 계집에게』가 나오고 나서 25년이나 지났는데도, 한 권의 시집으로 아직 이 시를 뛰어넘은 것은 나오지 않았습니다. 단가短歌가 아닌 구어체 자유시로 사랑 노래를 쓰는 것이 얼마나 어려운지를 말해준다 하겠습니다.

그런데 구로다 사부로의 부인이 된 이 소녀는 '자기 한 사람에게 바친 거라면 좋지만 공개적으로 발표하다니' 하며 뾰로통했다고 하는데, 그 마음도 이해되지 않는 것은 아니지만, 독자 입장에서는 시집으로 간행되어 일본어 전체를 풍요롭게 만든 것을 기쁘게 생각합니다.

이 시집에는 가난이라는 말이 제법 나오는데, 사실 시를 쓰는 사람의 사정은 지금도 그다지 바뀌지 않았습니다. 왜냐하면 시만큼 값을 매기기 어려운 것도 없어서 '제로'라고 할 수도 있고 '한 편에 10억 원'이라고도 할 수 있는데, 현실적으로 세상이 매겨준 가격은 10만 원 정도랄 수 있습니다.

저는 때때로 혼자서 가격 매기기 놀이를 하며, 이 세상의 유통 메커니즘을 뒤엎어버립니다. 흔한 것은 값이 싸다는 게 경제원칙이겠지만, 예를 들어 레몬 한 개를 500원으로 살 수 있다는 게 믿기지 않습니다. 레몬의 형태, 빛깔, 비타민 C 함유도 등 모든 것을 고려해서, 한 알의 레몬은 내 안에서 5만 원 정도. 다카무라 고타로나 가지이 모토지로가 작품 안에서 레몬에 부여한 가치는 보석 못지않았는데, 그 시절에는 입수하기 어려웠다는 걸 감안해 정확한 감각이라 생각합니다.

거꾸로 다이아몬드나 밍크 모피는 몸에 걸치고 싶지 않기 때문에, 선물로 받았다 하더라도 잡동사니나 마찬가지. 일반적으로는 사람도 학력이나 사회적 지위로 가치가 정해지는 것 같습니다만, 제 순위표에 따르면 아무짝에도 쓸모없는 인간으로 간주되는 사람이 매우 높은 자리에 앉아 있거나 합니다. 오래전에 죽은 시인들, 예를 들어 바쇼가 했던 작업 등은 현대를 사는 우리의 감수성에도 좋든 나쁘든 민족의 감각을 결정지을 만큼 커다란 영향을 끼치고 있어, 바쇼의 작품을 한 구절도 읽은 적이 없는 사람에게도 헤아릴 수 없는 어떤 것을 계속해서 주고 있습니다. 신문의 표제, 일기예보, 일상 회화에도 그것들은 아무런 티도 내지 않은 채 숨어들어 있으니까요. 그러므로 구로다 사부로의 시뿐만 아니라 이 책에서 제가 고른 시는 모두 한 편당 50억 정도의 가치가 있다고 생각합니다. 결코 과대망상에 빠진 미치광이는 아닙니다. 물론 이렇게 우기는 게 이상하다고 볼 수도 있겠지만요.

너 는 귀 엽 다 고

야스미즈 도시카즈

너는 귀엽다고

어떻게 말하지 않을 수 있을까

다만 말은 이상하게 고집이 세고 질투가 심해서

너와 나 사이를

언짢아하기 쉽고

너와 나 사이를

오가는 걸 내켜하지 않는다

그러니까 너

잠깐 귀를

어때

말에 한 방

먹여주는 거야

귀엽다는 말을

너의 귀여운 입에 던져넣고

너의 귀여운 입술 위에서

꼭 봉인하자

나의 입술로

말이란 놈 틀림없이 화를 못 이기고

네 입 속에서 죽어버릴 거야

말이 죽은 뒤에

사랑이 남는다면

그러니까 너

어때

_ 시집 『사랑에 대하여』

좋아하는 사람이 생겼을 때, 말이 얼마나 쓸모없는지, 말 한 마디 할 수 없기도 하고, 생각하고 있는 것과 완전히 다른 엉뚱한 소리를 지껄이기도 하고, 오해받기도 해서, 오히려 귀찮게 걸리적거린다는 느낌이 들기도 합니다.

어때
말에 한 방
먹여주는 거야

말에 대한 맹렬한 불신, 그것조차 말로 표현할 수밖에 없다니…… '귀엽다'고만 하고, 그 다음은 키스로 꼭 봉인해버리자는 겁니다. '말이란 놈은 틀림없이 괴로워하며 네 온몸을 씩씩대며 뛰어다니다 죽어버린다'는 이미지는 말을 봉쇄하는 동시에, 격렬한 키스로 말문을 막고 현기증이 나게 만들어주겠다는 기세가 있어, 싱싱하고 깨끗한 에로티시즘이 넘쳐흐르고 있습니다. '그러니까 너/ 어때' 하며 동의를 구하는 척하지만, 실제로는 이대로 과감하게 해치웠을 게 분명하다고 생각합니다.

야스미즈 도시카즈는 이후 남녀 간의 일을 거의 주제로 삼지 않았기 때문에, 이 연애는 결실을 맺은 것으로 보인다는 것.

이 시는 시집 『사랑에 대하여』에 들어 있습니다만, 그 뒤로는 여행에 이은 여행으로 이윽고 작품은 여행에 관한 시로 채워져갔습니다. 그것도 바쇼,[3] 스가에 마스미,[4] 야나기다 구니오,[5] 오리구치 시노부[6] 등으로 이어지는, 일본의 심층을 직접 만지고 싶다, 날것으로 부딪치고 싶다는 '맨손으로 떠난 여행'으로, 영어 교사를 하면서 짬짬이 노토·사도·오쿠미카와·쓰시마·도호쿠 등을 정열적으로 돌아다니는 행동성은 제 추측을 뒷받침해줍니다.

비둘기

다카하시 무쓰오

그 비둘기 주지 않을래, 그 사람이 말했다
줄게, 내가 대답했다

와아 엄청 귀엽네, 그 사람이 그러안았다
구구구 하고 울어, 내가 덧붙였다

요 눈이 예쁘네, 그 사람이 건드렸다
부리도, 내가 만졌다

하지만, 그 사람이 나를 보았다
하지만 뭐, 내가 그를 보았다

네가 더, 그 사람이 말했다

그런 말 마, 내가 고개를 숙였다

네가 좋아, 그 사람이 비둘기를 놓아주었다

도망갔어, 내가 중얼거렸다

그 사람의 팔 안에서

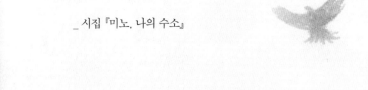

_ 시집 『미노, 나의 수소』

시인이 20대로 젊었던 때 그리고 독자인 나도 아직 훨씬 젊었을 때 읽고 좋아했던 시입니다만, 지금 읽어도 조금도 어색하지 않습니다. 어색하거나 간지러워지는 것은 좋지 않은 시이고, 특히 사랑 노래일 경우 그것이 뚜렷하게 드러납니다.

여자아이의 입장에서 바라보고 있습니다만 '비둘기'는 일종의 소도구이고, 둘이서 비둘기를 만지작거리는 사이에 이야기는 기분 좋게 리드미컬하게 진행됩니다. 정신을 차려보니 비둘기는 자유로이 저 멀리 날아가고 두 사람의 마음은 자연스레 다가서는 과정이 생생하게 묘사되어 있어 절로 미소 짓게 하는 이 작은 연인들을 축복하고 싶어집니다.

조금 마음에 걸리는 것은, 남자아이가 쓴 '안타'(당신)라는 2인칭대명사입니다.[7] '아나타貴方'라면 이 경우 조금 쌀쌀맞을지도 모르고, '오마에'라면 이미 잡은 물고기 취급하는 것 같고, '기미君'라면 딱 들어맞지 않았을까. 평범한 대화에서 남자아이가 '기미'라고 말하면 상쾌하게 들리지만, 여자아이가 '기미!'라고 부르는 것을 들으면 조금 귀에 거슬리는 느낌이 듭니다.

그런데도 단가短歌 같은 데서 '기미'라고 문어적文語的으로 사용하면 매우 우아한 분위기가 감돌아 완전히 느낌이 달라집니다.

일본어의 2인칭은 복잡하고 까다로워서, You 하나로 끝낼 수가 없습니다. 입말에서든 글말에서든 선택하지 않을 수가 없어, 구로다 사부로는 '아나타', 야스미즈 도시카즈는 '기미'를 골랐습니다.

'안타'는 조금 얕잡아보는 듯한 뉘앙스가 느껴집니다만, 지방에 따라서는 '아나타'라고 말할 자리에 '안타'를 쓰는 곳도 있으니, 이것은 이대로 좋을지도 모르겠습니다. '안타'가 나오는 시, 한 편 더.

음력 8월

사카타 히로오

오늘 밤은 두 시간이나 기다렸는데

왜 오지 않았던 것인가

나는 참말로 괴롭다

너무 괴로워서

간사이선關西線에 뛰어들어 죽고 싶구나

하지만 당신을 원망하진 않아

당신은 상냥하고

좋은 사람이니까

죽이거나 하진 않을 거야

죽는 건 내 쪽이지

당신은 마음이 똑바르고

나는 굽어 있지

그건 그렇지만

내 가슴에 구멍이 나

바람이 지나간다

차가워서

괴로워서

마치 감옥에 내동댕이쳐지고

전기가 퍽 나간 것 같다

참말로 애달프다 달님

– 달님 하지만

이상한 이야기를 했습니다

안녕 나는 이제 틀렸다

죽는 게 낫겠어

전차가 좋겠지

콰쾅 오면

댕강 목이 굴러떨어질 거야

그렇지만

옛날부터

여자가 두 시간 기다리게 했다고 해서

죽은 사내가 있을까

그걸 생각하면 부끄럽다[8]

_ 시집『나의 동물원』

이것도 좀 색다른 사랑 노래 중의 하나. 하즈키는 음력 8월을 가리키는 옛말입니다.[9] 사랑에 빠진 한 사내, 그렇기 때문에 진지하기 짝이 없는데도 얼간이처럼 보이는, 피에로와도 같은 비애를 사무치게 전해줍니다. 오사카 사투리를 구사하고 있는 탓에 더욱 천연덕스러운 해학과 슬픔이 넘치는.[10]

두 시간은 단지 두 시간이었을까, 아니면 머지않아 연인을 만질지도 모른다는 예감이 담긴 두 시간이었을까. 이 시가 지닌 유머와 페이소스는 냉정하게 객관적으로 자기를 볼 수 있는 데서 나오는 것이므로, 마지막에 간사이선에 뛰어들겠다는 이야기는 실제로 일어나지는 않았을 것입니다.

'삿찬'[11]이라는 귀여운 동요가 있습니다만, 사카타 히로오는 그 작사가이기도 하고,

이렇게 추운
날씨 만들다니
하느님
나쁜 사람이네 (「하느님」)

이런 유쾌한 노래도 있고, 대개는 노래로 만들어져 불리고 있습니다.

연습 문제

사카타 히로오

'나'는 주어입니다

'강하다'는 술어입니다

나는 강하다

나는 멋지다

그렇지 않기 때문에 괴롭다

'나'는 주어입니다

'좋다'는 술어입니다

'아무개'는 보어입니다

나는 아무개가 좋다

나는 아무개를 좋아한다

어떻게 말해도 상관없습니다

하지만 그 사람 이름은

말할 수 없다

_ 시집『삿찬』

사투리를 살려 좋은 시를 쓸 수 있는 사람은 표준어로 써도 역시 멋진 시를 쓸 수 있는 사람임을 알 수 있습니다.

「연습문제」는 마치 중학생의 마음을 대변하고 있는 것처럼 보여 '어른이 되어서도 참으로 스르륵 무리 없이, 어린 시절 중학생의 마음에 그대로 되돌아갈 수 있는 사람도 있구나' 감탄하게 됩니다. 전철 안에서, 한 무리의 중학생을 만나거나 하면 누구 할 것 없이 '그 사람 이름은 말할 수 없다'고, 애를 쓰고 있는 것처럼 보이고 맙니다.

얼굴

마쓰시타 이쿠오

애인의 얼굴을 보았다

피부가 있고

트거나

툭 튀어나오거나 해서

인간으로서는 아름답지만

생물로서는 기분 나쁘다

애인의 얼굴을 보았다

이것과

결혼하고

돌아가는 길에

스쳐 지나는 사람들의 얼굴을

잇달아 보았다

다들 피부가 있고
모두 어김없이 트거나
툭 튀어나오거나 해서

이것들과
한세상 보내며 간다

돌아가서
울었다

_ 시집 『술안주』

마쓰시타 이쿠오는 아직 20대의 젊은 시인입니다만, 1980년대의 사랑 노래는 이런 걸까, 하는 생각이 들게 합니다. 어딘가 모르게 가라앉아 있고, 상냥하고, 그리고 쓰립니다.

인간으로서는 아름답지만
생물로서는 기분 나쁘다

매우 야릇하고, 적절하기도 해서, 연인을 기린 셀 수 없이 많은 표현에 또 하나를 더하는 새로움이 있습니다.

만약 인간을 발가벗겨서 동물원 우리에 집어넣고 다른 동물들이 구경하게 한다면, 섬뜩하고 기묘한 짐승으로 보일 겁니다. 자기도 그러한 인류人類에 속하면서 연인의 얼굴을 보아도, 아름다움과 추함을 동시에 보는 겹눈을 피하지는 못해, '돌아가서/ 울었다'고 써도 유약하게 느껴지지 않습니다. 오히려 인간존재의 적막감, 블랙유머 같은 느낌마저 전해집니다.

이러한 '울음'은 여성에게는 없는, 남성 특유의 것이겠지요.

일본의 여성 노래는 『만요슈萬葉集』 이래로 모두 사랑 노래라 해도 좋을 만큼 면면히 이어져왔습니다. 그것들은 일본어의 역사에 윤기를 더했고, 의미에 의미를 겹침으로써 가냘프고 아름답게, 완곡하게 마음을 전달하는 세련된 전통을 길렀습니다. 그런 좋음과 고마움이 있는 반면, 강한 남성에게 휘감겨 달라붙는 담쟁이덩굴처럼, 너무 여리여리하고 나긋나긋해서 다소 한심한 일면도 지니고 있습니다.

그 반동反動이었는지도 모르겠습니다만, 전후 여성이 쓴 사랑노래는 별로 없습니다. 사랑만이 인생의 모든 것이 아니다, 이제까지 억눌러왔던 것을 물리치고, 어쨌든 자기의 언어를! 그것을 탐색하는 쪽에 역점을 둔 건지도 모르겠습니다. 또한 고전에 살아 있는 사랑 노래가, 이러니저러니 해도 뛰어났기 때문에 그 완성도에만 눈이 가고, 현재 자유시 형태로 쓰인 것은 '쇠약하고 정감이 부족하고 거칠어서 읽을 만하지 못하다'고 생각하는 사람도 많은 것 같습니다.

하지만 저는 그렇게 생각하지 않습니다. 수는 적지만 현대 여성 시인들이 쓴 것 중에 헤이안 시대(794~1185)의 작품보다 훨씬 빛나는 것을 발견할 수 있기 때문입니다. 옛날 사랑 노래는 '저를 이제 버리셨군요, 너무합니다'라고 말하는 것이 압도적으로 많습니다만, 제가 고른 현대의 작품은 어디까지나 남성과 대등하고, 견고하게 자기를 유지하고 있는 게 느껴져 역시 질적인 변화를 알아챌 수 있습니다.

해 명 海 鳴

두 개의 젖가슴에

조용히 차오르는 것이 있을 때

나는 멀리서

어렴풋하게 바다가 울리는 소리를 듣는다

달의 힘에 끌려서

지구의 안쪽에서 차오르는 바다

그 되풀이되는 파도가

내 모래땅에 끊임없이 밀려와 부딪친다

그리하여 언제까지나

나는 기다린다

남편과 아이들이 달려와서

세계의 꿈의 물가에서 노는 것을

_ 시집 『보이지 않는 땅 위에서』

1연과 2연에서는 달이 차고 이지러지는 주기週期와 관련 있다고 하는 여자의 생리현상을 언급하고 있습니다. 남자보다 좀더 자연에 가까운 여자의 몸의 리듬, 그러한 리듬을 되풀이하면서, 마음은 어떻든지 간에 몸은 달마다 확실히 기다리고 있는 것입니다. 3연에서는 마치 고대의 모계제도 사회처럼 주체성은 여자에게 있고, 당당하고 튼튼해서 '논다'는 말이 마치 신제품인 양 모습을 드러내며 빛나고 있습니다. '언젠가 올 거야 남편과 아이들'이라 해석하면 미래의 일이 될 터이고, 이미 있는 남편과 아이들이라 생각해도 괜찮겠습니다.

여자의 생리현상·결합·생식은 저속하고 추잡하게 말하려면 한없이 저속하고 추잡해질 수도 있고, 이 시처럼 높은 차원에서 어디까지나 산뜻하게 드러낼 수도 있습니다. 변환變幻은 끝이 없습니다.

남편과 아이들이 달려와서
세계의 꿈의 물가에서 노는 것을

이 이미지는 아침 안개가 낀 것처럼 몽환적인 아름다움을 품고 있고, 1연과 2연의 작은 자궁을 넘어서 아득하게 확장됩니다. 달이 차고 이지러지는 것은 여성에게 그저 혐오스러운 어떤 것일 텐데, 시인은 거기에 상쾌한 꿈을 걸고 있고, 이렇게 느끼는 여성이 한 명 있다는 사실을 안 우리의 감각은 여지없이 바뀔 수밖에 없는, 하나의 깊은 경험을 하게 되는 것입니다. 그리고 또 '여성이 스스로를 경멸할 때는 낳는다는 행위도 한없이 타락하고 무너져가겠지'라는, 표면에 드러나지 않은 말이 이 시의 뒤쪽에서 들려오는 듯합니다.

나 무

고라 루미코

한 그루 나무 안에
아직 없는 한 그루 나무가 있고
그 우듬지가 지금
바람에 떨고 있다

한 장의 푸른 하늘 안에
아직 없는 한 장의 푸른 하늘이 있고
그 지평地平을 지금
한 마리 새가 가로질러 간다

하나의 육체 안에
아직 없는 하나의 육체가 있고
그 궁窮이 지금

새로운 피를 저장하고 있다

하나의 거리 안에

아직 없는 하나의 거리가 있고

그 광장이 지금

내 앞길에서 흔들리고 있다

_ 시집 『보이지 않는 지면地面 위에서』

「나무」는 이성에 대한 사랑 노래가 아니라 '미래에 대한 사랑 노래'입니다. 미래는 멀리 저기에 신기루처럼 한들거리며 터무니없이 모습을 드러내는 것이 아니라 '현재의 현실 속에 이미 배태되어 있는 것'이라는 게 이 시의 주제입니다.

한 그루 나무는 많은 열매를 품고, 열매는 이윽고 터져 씨앗이 되어 흩날려 떨어지거나, 작은 새가 운반하여 멀리 저기에 뿌리를 내리고 우뚝한 대목大木이 됩니다. 한 그루 나무가 품고 있는 자그마한 무수한 씨앗, 그것들이 속에 간직하고 있는 활력, 꽉 찬 미래가 한 그루 나무에마저 겹치고 뒤섞여, 흔들리고 있는 모습이 투명하게 보입니다.

1연의 주제가 계속해서 모습을 바꾸며 4연까지 중층적으로 전개되는 지적인 시입니다. 하지만 차가움이나 비꼼은 전혀 없고, 오히려 즐겁게 독자를 자극하고 도발하는 데가 있는데, 특히 4연이 재미있게 상상력을 건드립니다.

도쿄를 예로 들면 '벌써 이러지도 저러지도 못하는 거리, 인간이 존중받지 못하는 거리, 이런저런 결함을 고치려면, 원래의 무사시노로 다시 한 번 돌아가야 할지도 모른다' 그런 느낌. 관동대지진, 전쟁의 재해를 헤쳐나오면서, 비전 부족으로 분명하게 새로운 거리를 만들지 못했던 실수. '다음 기회가 오면 이번에야말로' 하며 바라는 그것이 거대한 지진이나 재해라는 건 한심한 일이지만, 지금 갖고 있는 결함을 끈질기게 지켜보지 않으면, 또다시 어리석은 짓을 되풀이하여 새로운 초석을 놓을 수 없습니다.

고라 루미코는 '시민이 모여 의지를 표현할 수 있는 커다란 광장조차 없는 것'이 일본 도시의 결함이라고 느끼며, 자연발생적인 어수선한 길모퉁이에 서서 그러한 광장이 있는 거리를 환시幻視하고 있습니다. '그들의 앞길'은 손자 세대일지도 모르고, 손자의 손자쯤 되는 더 먼 세대일지도 모릅니다.

여성의 손에서 이렇게 늘씬하게, 투명하고 아름답게 묘사된 '미래에 대한 사랑 노래'가 나와주다니, 읽을 때마다 기쁜 마음이 듭니다.

남 자 에   대 하 여

다키구치 마사코

남자는 알고 있다

산뜻하게 뻗은 여자의

두 다리 사이에

하나의 꽃이

봄

여름

가을

겨울

저마다의 모습으로 피는 것을

남자는 투시자透視者처럼

그것을 딱 잘라 말한다

여자의 정수리까지 붉어질 만큼

강한 목소리로

남자는 바라고 있다

좋아하는 여자가 어서 죽어주기를

여자가 제 것임을

납득하고 싶기 때문에

하늘이 아름다운 겨울날

뒤에서 다가와서

이렇게 말한다

어서 죽어라

관은 메줄 테니까

남자는 서두르고 있다

푸른 살구나무는 붉게 만들자

장미꽃 봉오리는 열어젖히자

제 손바닥이 닿으면

여자가 익어서 떨어진다고

여호와의 신처럼 믿어

남자의 손바닥은

언제나 기름으로 축축해 있다

_ 시집 『강철로 된 발』

처음 읽었을 때, 외국의 좋은 시를 뛰어난 번역으로 읽은 듯한 감명을 받았습니다. 현대 일본의 여성 시인이 이 시를 썼다는 사실에 조금 놀랐습니다.

1연은 여자 몸의 성숙도에 대하여 아는 척하는 남자들. 2연은 자기가 좋아하는 여자를 젊고 아름다운 채로 동결해버리고 싶어하는, 늙거나 살림에 쩌들어 변모하는 것을 싫어하는 남자들의 원망願望, 로맨티시즘을 묘사하며 '어서 죽어라/관은 메줄 테니까'라고 한 것은 실제로 들은 말이 아니라, 그들의 마음 깊숙이 숨어 있는 목소리를 움켜쥔 듯한, 섬뜩한 한 행입니다. 3연에서는 청년, 장년, 노년 할 것 없이 젊은 아가씨만 보면 좌우지간 가만히 있지를 못하는 남성의 자만심을 생생하게 묘사하고 있습니다.

남성에 대한 증오를 주제로 한 시라고 파악하는 사람도 많습니다만, 저는 애증이 교차하는, 남성에 대한 사랑 노래라고 봅니다. '이러지 않고서야 남자라고 할 수 없다'는 면도 있기 때문에, 연상인 여자가 상당한 여유를 갖고, 남자의 역겨움과 귀여움을 냉정하게 헤아리는 듯한, 복잡한 맛이 담긴 진짜배기 시여서, 고급스러운 와인 같은 풍미가 있습니다. 매우 뛰어난 일본어로 쓰여 있으니, 일본 와인의 명품이라 하면 될까요.

예리하고 투명한, 이 고요한 여성의 시선은 소름끼칠 만큼 매혹적입니다. 일순 외국의 시라 생각한 것도 여기에 묘사된 남자들의 특징이 세계적으로 공통된 수컷의 천성이기 때문이겠지요. 자만심이 흘러넘쳐 여호와의 신처럼 손이 축축한 덕에 인류는 지금까지 존속해온 것이겠지만, 그렇다 해도 너무나도 만연蔓延한 게 아닌가…….

가을의 입맞춤

다키구치 마사코

사람을 사랑하고

사랑했던 것은 잊어버렸다

그런 눈瞳이 피어 있었다

싸리꽃이 하얗게 떨어지는 길

화산재가 하얗게 내리는 산길

참억새를 헤치고 온 바람이

뺨을 내밀어

입을 맞추었다

사람을 사랑하고

사랑했던 것은 잊어버렸다

_ 시집『창을 열다』

같은 시인이 쓴 소품小品. 여기에 묘사되어 있는 것은 연애의 끝을 맛본 이의 감개입니다. 처음 읽었을 때 충격을 받아, 멍하니 저 자신의 생각에 빠져버렸던 날의 기억이 생생하게 되살아납니다만, 그것도 벌써 15년 전의 일입니다.

눈은 용적이 작지만 실로 무한한 것을 담고 있습니다. 그렇지만 모두 제 일에 얽매여 타인의 눈에 담겨 있는 것에 신경 쓰지 않습니다. 어느 고원高原에 홀로 서 있는 여인의 눈 속에, 사람을 사랑하고, 모든 것을 불태우고, 그리고 사별死別, 생이별, 배신에 의해서든…… 하여튼 이렇게 그 사랑에서 멀리 와버려, 마치 이제 모든 것을 잊어버린 것처럼, 일견 빙긋이 웃는 듯한 눈을 시인은 발견합니다. 날카롭고 상냥한 발견입니다.

그 여인을 칭찬하듯, 살짝 입맞추는 것은 가을바람뿐. 퍽 쓸쓸하지만, 전아典雅한 풍경입니다.

다키구치 마사코가 이 시를 쓴 것도 시인 자신이 '사람을 사랑하고 사랑했던 것은 잊어버렸던' 그런 눈을 한 사람이었기 때문이 아닐까, 거의 확신합니다.

'사랑받는다'라는, 수동태밖에 모르는 사람은 불쌍합니다. 눈물과 상처, 목숨을 걸고 사람을 사랑했던 경험을 한 사람의 눈은 세월 속에서 아득히 흐려지면서도, 무언가의 흔적이 깃

들어 있는 건지도 모릅니다. 사람을 사랑할 줄 모르면서 살아
온 사람의 눈과 비교한다면 훨씬 뚜렷할지도 모릅니다.

이 시를 읽고 충격을 받았던 것은 '아, 그러고 보니, 그 사람
의 눈도 이 사람의 눈도……' 마치 잇달아 등불이 켜지듯 아
는 이들 누구누구의 눈이 떠올랐기 때문입니다.

눈—사람의 호수.

그대 보라 두 눈의 빛
말이 없어 시름이 없는 듯하구나

君看雙眼色 不語似無愁[12]

라는 한시 구절도 생각납니다.

이야기를 하지 않으면, 아무런 시름도 없는 것처럼 보이지만,
보라, 저 사람의 두 눈에 담겨 있는 것을, 그 깊이를.

겨울 벚꽃

신카와 가즈에

남자와 여자가

깨진 냄비에 고친 뚜껑처럼 인연이 맺어져

다음날부터 벌써 반찬 냄새에

찌들어가는 건 싫은 것입니다

당신이 종루鐘樓의 종이라면

나는 그 종소리이고 싶다

당신이 노래의 한 소절이라면

나는 대구對句이고 싶다

당신이 하나의 레몬이라면

나는 거울 속의 레몬

그렇게 당신과 조용히 마주앉고 싶다

넋의 세계에서는

나도 당신도 영원한 어린이이니

그러한 소꿉놀이도 허락되어 있겠지요

눅눅한 이불 냄새가 나는

눈꺼풀처럼 무겁게 차양이 드리워진

한 지붕 아래 살 수 없다고 해서

무엇을 슬퍼할 필요가 있을까요

보세요 한 쌍의 인형처럼

우리가 나란히 앉았던 돗자리

그곳만 밝게 해가 지지 않아

끊임없이 벚꽃 잎이 흩날리는

_ 시집『비유가 아니라』

히라가나만으로 쓰여 있기 때문에, 그림책이라도 읽는 것처럼 한 자씩 더듬더듬 읽지 않을 도리가 없습니다.[13] '이건 뭘까' 하고 잠깐 생각한 것은 종루=鐘樓, 대구=對句 정도입니다. 장난삼아 히라가나 중 한자로 된 부분은 한자로 다 고쳐 써본 적이 있습니다만, 이 시는 역시 히라가나만으로 된 게 좋아서, 시인의 의도를 이해할 수 있었습니다.

벚꽃은 겨울에 피지 않으므로, 이 시의 제목은 '철 지난 사랑'이라는 말일까요. 젊을 때는 '같이 살 수 없다면 죽을 거야' 하고 외곬로 생각할 수 있겠습니다만, 중년의 사랑을 노래하는 이 시에서는,

한 지붕 아래 살 수 없다고 해서
무엇을 슬퍼할 필요가 있을까요

라고 말합니다. 이유가 있어 같이 살 수 없는 것인지, 함께 사는 것을 거부했던 것인지.

공인된 사이는 아닌 듯하니, 삼각관계나 사각관계인지도 모르지만, 이 세상의 규칙이나 민법 따위로 규정할 수 없는, 서로 가장 깊게 이해할 수 있는 상대로, 그 존재를 의식하고 나날의 삶에서 상대에게 어울리는 존재가 되고 싶다는 바람을

품고 있는, 말하자면 현세의 틀에서는 조금 동떨어진 형태의
사랑입니다.

'끊임없이 벚꽃 잎이 흩날리는' 것도 환상 속에서 벚꽃이 눈
보라처럼 흩어져 지는 것으로, 어쩌면 눈이었는지도 모르겠
습니다.

히라가나만으로 쓰여 있기 때문에, 예부터 익숙히 보아왔던
일본 여인의 지루하게 끝나지 않는 하소연 투로 받아들이기
십상이지만, 내용은 오히려 이지적이고 산뜻합니다. 이러한
경지에 도달하려면 많은 괴로움을 겪었을지도 모르고, 그 괴
로움은 바닥에 가라앉아 있어 맑고 투명합니다. 이러한 사랑
의 방식이 앞으로는 늘어날지도 모르고, 동요풍입니다만 의
외로 시대를 앞서고 있는 건지도 모릅니다.

조언

랭스턴 휴스[14]
기지마 하지메 옮김

여러분, 한마디 하자면,

태어난다는 건, 괴롭고

죽는다는 건, 볼품없지─

그러니까 말야, 꽉 움켜쥐라고

조금이라도 사랑이라는 걸

그 사이에 말야

3장
사느라 아등바등

제가 매일 아등바등 살고 있는 탓인지, 산다는 건 어째서 이렇게 아등바등하지 않으면 안 되나 하는 생각이 듭니다. 희로애락의 잔물결 큰 파도에 흔들리며, 다른 이들 또한 그런 것 같습니다. 산다는 것에 깊이 뿌리박고 있는 시도 결국 이 3장 속에 모두 들어가버리겠지요.

시는 감정의 영역에 속해 있어, 감정의 가장 깊은 곳에서 나온 것이 아니면 타인의 마음에 도달할 수 없습니다. 아무리 솜씨 좋게 빈틈없이 만들어져 있어도 '죽어 있는 시'가 있습니다. 죽어 있는 몸뚱이를 무참하게 드러낸 이유는 감정을 일구는 방법이 부족해 살아 있는 꽃을 피우지 못했기 때문이겠지요.

감정은 경시당하기 일쑤라 '감정적인 사람'이라는 말을 들으면 비난당한 거 같아 기분이 좋지 않고, '이성적인 사람'이라는 말을 들으면 청찬받았다고 생각해버리는 것도 이지理智가 급이 높다는 의식이 있기 때문입니다. 하지만 수학이나 물리학에서 높은 수준의 발견은 종종 직관에 의한 것이라고들 하고, 실제로도 그렇습니다. 물론 멍청하게 있다가 갑자기 영감이 떠오르는 것이 아니라, 논리를 세워 추적하다가 미로를 뱅뱅 도는 듯한 괴로움을 겪은 끝에, 어느 날 어느 때 직관에 의해 비약할 수 있다는 말이겠지요. 과학적인 것은 아예 잼병입니다만, 그러나 이러한 순간에 벌어지는 일은 충분히 상상할 수 있고 그럴 거라고 생각합니다.

감성이든 이성이든, 우회전 좌회전을 지시하는 교통표지판처럼 딱 둘로 나뉘지는 않을 것입니다. 제가 좋아하는 시는 제 감정과 이지를 동시에 만족시켜주기 때문입니다.

오는 아침마다

기시다 에리코

오는 아침마다
오고 또 오는 일들
자동차 톱니바퀴
엇나가려면 엇나가버려

_ 시집 『화창한 날의 노래』

때때로 외고 싶어지는 주문 중의 하나.

어른이고 아이고 할 것 없이, 매일매일 태엽을 감아준 시계처럼 빠듯한 일정을 소화하다보면 기진맥진. 왜 이렇게 바쁘게 살아야 할까, 산다는 건 이게 전부일까.

때때로 머리가 아파지는 것도 '머리는 약하니까 그렇게 혹사하면 곤란해'라는 뇌의 파업입니다. 설사는 위장이 하는, 감기는 몸 전체가 하는 파업. 몸에 관해서는 한 사람 한 사람이 각자의 경영자이자 노동자이기도 해서, 톱니바퀴 하나가 '더 이상은 무리'라고 말하면 뒤죽박죽이 되어 전체가 정지됩니다. '쉬라'는 신호이니, 그 말을 듣는 도리밖에 없습니다.

자동차 톱니바퀴
엇나가려면 엇나가버려

때로는 그렇게 자기에게 말하면서 해방시켜주는 것도 필요하겠지요.

자기에게 말할 것도 없이, 시인은 '엇나가려면 엇나가버려'를 실행에 옮겨, 완전히 자유로이 살고 있습니다. 약속 시간, 그러니까 인간이 미리 정하여 어기지 않기로 다짐한 시간을 그다지 따르지 않고, 바람맞히는 일도 종종 있습니다. '드물게

제시간에 만나는 이변이 일어난다'고 생각할 지경입니다. 함께 여행을 해도 느긋해서, 좌석표를 산 열차에 타지 못할 거같아, 고지식한 나는 마음속으로 '스케줄, 엇나가려면 엇나가버려' 외치며, 노숙할 작정이면 당황할 건 없다고 타이르고 있다 가까스로 열차를 타게 되는 식입니다.

사회생활을 하려면 이런저런 약속을 지켜야 다른 이들에게 폐를 끼치지 않고 모든 일이 원활하게 돌아가겠습니다만, 그저 그뿐입니다. 그리고 그게 안 되면 낙오자가 되기 십상이기 때문에, 모두 막연히 열심히 하는 것이지요. 같은 공기를 마시면서, 완전히 자기의 페이스로 살며, 다른 이들이 어떻게 생각하는지 신경 쓰지 않고, 자기 노래밖에 부르지 않는 기시다 에리코의 존재와 시는 생각지도 않은 방향에서 바람구멍이 톡 하고 열리는 듯한 작용을 하고 있습니다.

행의 처음은 모두 '구루〈る'로 시작하고 있고, '구루'를 빙빙(구루구루) 돌리다보니 시가 된 모양이니, 말놀이에서 좋은 시가 탄생하는 하나의 사례입니다. 옛 동요나 민요가 종종 그러했던 것처럼.[15]

보 이 지 않 는 계 절

무레 게이코

가능하다면

나날의 어둠을 흙속의 어둠과

닮게 하면 안 되는 걸까요

지상은 지금

심히 형이상학적인 계절

꽃도 단풍도 벗어던진

풍경의 고담枯淡을 좋게 여기는 사상도 있습니다만

하여튼 어두운 흙속에서는

머잖아 다가올 화려한 축제를 위해

이루 다 헤아릴 수 없는 것들이 살고 있습니다

게다가 인간의 지혜는

만지면 떨어지는 튤립의 파란 싹을

아직 보이지 않을 때조차

봄이라고도 미래라고도 부를 수 있습니다

_ 시집 『혼의 영역』

'청춘은 아름답다'는 말은 그 시기를 통과해서 되돌아보았을 때 할 수 있는 말이고, 한창 청춘을 지날 때는 매우 괴롭고 어두운 시기라고 생각합니다. 큰 바다에서 저 혼자 발버둥치고 있는 것처럼. 다양한 가능성이 어수선하게 들끓어, 어느 것이 진짜 자기인지 알지 못하고, 바다에서 난 것인지 산에서 난 것인지도 알지 못한 채, 몸은 맹목적으로 발달하고 마음은 그것을 따라잡지 못해 제가 보기에도 유치한 거 같고. 흘러넘치는 활력과 의기소침이 갈마드는, 생애에서 가장 드라마틱한 계절입니다.

'자기를 파악한다'는 지난한 사업을 시작하는 시기이므로 어쩌할 바를 모르는 것도 당연한 일. 어느 시대에나 청춘 시절에 핸들을 잘못 꺾는 사람이 많은 걸 보면, 아주 험한 길임이 분명합니다.

10대 후반이 지나기 전에 확실히 자기를 파악하는 게 가능한 사람도 있습니다. 제 시간을 평생 어디에 바쳐야 후회가 없을지, 자기 소질을 이른 시기에 확정할 수 있는 사람으로, 총명하다는 말은 바로 이런 경우에 딱 들어맞는다는 생각이 들 만한. 하지만 대개는 오랫동안 찾아 헤매며 여기에 부딪히고 저기에 부딪히면서 자기를 파악해가는 게 보통이고, 그것은 이 시에서처럼,

가능하다면
나날의 어둠을 흙속의 어둠과
닮게 하면 안 되는 걸까요

하는, 중얼거림도 아니고 비명도 아니며 인내라고도 할 수 없
는 내적 독백을 품에 안고 고투하는 일입니다.

겨울의 대지는 펀펀하고 밋밋합니다만, 봄이 되면 일제히 싹
이 나고, 씨를 뿌리지 않은 것마저 나타나고, 잡초도 쑥쑥 자
랍니다. 그런데 기다리고 있던 싹은 나타나지 않기도 하고,
겨울 동안 흙속에서 도대체 어떤 드라마가 진행되고 있었을
까, 풀과 나무와 꽃을 보고 나서야 겨우 알거나 합니다. 꽃을
피우는 것, 결국 말라버린 것. 그렇다면 사람의 마음도, 서릿
발 치거나 얼어붙어서 울고 싶을 만큼 춥디추운 속에서야말
로, 어떠한 씨앗을 기르고 있을지 모를 일입니다. 시인은 지
상에 보이는 세계보다 오히려 지하 세계에서 법석을 떨고 있
는 어두움, 풍요로움에 대한 조짐에 신뢰를 두고 있습니다.

지상은 지금
심히 형이상학적인 계절
꽃도 단풍도 벗어던진

풍경의 고담枯淡을 좋게 여기는 사상도 있습니다만

은 어려운 행입니다만, 『신 고킨와카슈新古今和歌集』(권4, 가을 노래)에 나오는 후지와라노 데이카의

둘러보아도 꽃도 단풍도 없네 포구의 띠집 가을 해질녘

을 밑에 깔고 있습니다. 단조로운 흑백의 세계, 바싹 마른 쓸쓸함을 오랫동안 찬탄해온 일본 미학에 대한 비판을 보이고 있습니다. 그리고 더욱 풍요로운 것, 색색으로 열매가 매달리는, 힘찬 약동을 준비하고 있는 것에 대한 기대를 드러내고 있습니다.

무레 게이코는 오랫동안 중학교 국어선생으로 있었기 때문에 자기 자신의 내부에 있는 어두움, 학생들이 안고 있는 어두움을 동시에 민감하게 감지하고, 어두움이 잉태한 미래에 살짝 손을 내미는 듯한 데가 있어 마음이 끌립니다. 자기를 다시 파악하려는 용기 있는 사람은 어른이 되고 나서도 몇 번이고 이러한 어두움을 건너는 일을 피하지 않습니다.

해질녘 30분

곤로에서 밥을 내린다

달걀을 깨서 섞는다

간혹 위스키를 한 모금 마신다

색종이로 붉은 학을 접는다

파를 썬다

비좁은 부엌에 우두커니 선 채로

해질녘 30분

나는 솜씨 좋은 요리사이고

술꾼이고

아빠

작은 유리의 심기를 살피는 일까지

한꺼번에 해야만 한다

반나절 다른 사람 집에서 지냈기 때문에

조그마한 유리는 한꺼번에 이런저런 말을 한다

"책 읽어 아빠"

"이 끈 풀어 아빠"

"여기 가위로 잘라 아빠"

계란부침을 뒤집으려

온 신경을 쏟고 있는 참에

허둥대며 유리가 달려온다

"쉬 나와 아빠"

점점 나는 기분이 나빠진다

화학조미료 한 스푼

프라이팬 한 번 흔들고

위스키 한 모금 꿀꺽

점점 조그마한 유리도 기분이 나빠진다

"빨리 여기 자르라고 아빠"

"빨리"

다혈질 아버지가 소리를 지른다

"너가 해 너가"

다혈질 딸이 받아친다

"주정뱅이 느림보 할배"

아버지가 화나 딸의 엉덩이를 때린다

조그마한 유리가 운다

큰 큰 소리로 운다

그러고 나서

이윽고

고요하고 아름다운 시간이

찾아온다

아버지는 순하고 상냥해진다

조그마한 유리도 순하고 상냥해진다

둘이서 식탁에 마주앉는다

_ 시집 『조그마한 유리와 함께』

『한 명의 계집에게』를 쓴 시인에게는 이제 아이가 태어나 있습니다. 엄마가 입원 중이라는 사실을 이 앞뒤의 시에서 알 수 있습니다.

뭐니뭐니해도 압권은 "주정뱅이 느림보 할배"라는, 발랄한 딸의 험담입니다. 주정뱅이, 할배 정도는 말했겠지만 부모에게 '느림보'라니. 시인은 언제나 자기를 '느림보'라고 자아비판하고 있으므로, 딸의 아우성 속에 그것을 들은 것처럼 생각했을 뿐인지도 모릅니다. 하고 싶은 말을 서로 한껏 해대고, 아무런 응어리도 남기지 않는 것은 육친이기에 가능한 일. 도리어 담백하고 고요하고 후련한 시간이 찾아옵니다. 완전히 똑같지는 않겠지만, 누구에게나 이러한 '저물녘 30분'이 있지 않았을까요.

얼핏 보면, 아무렇게나 내갈겨쓴 것처럼 보입니다만, 실은 「저물녘 30분」의 세련도는 극히 높아, 일찍이 가네코 미쓰하루가 "어떤 연애시보다도 아름다운 사랑의 시"라고 격찬한 적이 있습니다.

조그마한 유리가 너무나 생생하고 귀엽게 묘사되어 있어서, 아직도 조그마한 채로 있는 듯한 착각이 듭니다만, 완전히 성장해서 벌써 시집을 갔다고 합니다. 모든 것이 어찌 이리 빠른지요.

심 히

가와사키 히로시

무얼까 저것은

먼 쪽을

엄청나게 빠르게 달리는 것은

줄곧 줄곧

먼 쪽을

함부로 두들겨 맞아

몸이 조각조각

나 있는 듯한

낮고도 낮은 소리를 내고

있는 듯한

무턱대고 빠른

옛날 친구가

무서운 일을

겪고 있는 것일까

불길한 기억 기억들이

이미 멈출 방도가 없는 강도로

이쪽을 향해

달리기 시작하고 있는 것일까

혹은

꽃을 잔뜩 실은 수레가

박살나면서

묘하게 웃거나 하고 있는

참인 건가

무턱대고 빠른 저것은

심히 먼 쪽을

_ 시집 『나무의 사고방식』

무턱대고 빠르게 달리는 것은 무엇일까?

시간일까?

시대의 조류일까?

아니면 지구가 자전하는 소리?

불길한 이미지가 많이 나오기 때문에, 무언가 흉사凶事가 일어날 전조 같기도 합니다. 눈에 명확하게 보이거나, 귀에 확실하게 들리지는 않지만, 분명히 존재하는 것에 주의를 집중하는 것도 시인의 한 특징으로, 보이지 않는 것을 보고, 들리지 않는 것을 듣거나 합니다.

환각 혹은 환청과 종이 한 장 차이 나는 지점에서, 조금 냉정하게.

옛날 친구가
무서운 일을
겪고 있는 것일까

라는 구절은 이 시인의 면목을 생생하게 드러내주는 대목으로, 『가와사키 히로시 시집』(현대시 문고) 해설은 평론가가 아니라, 초등학교나 중학교 시절의 친구들에게 의뢰했고, 모두 꽤 좋은 문장을 쓰고 있습니다. 오랜 친구를 매우 소중히 여기는 사람임을 알 수 있습니다. 거기에서는 '가와찬' 등의 애칭으로 부르고 있습니다.

혹은
꽃을 잔뜩 실은 수레가
박살나면서
묘하게 웃거나 하고 있는
참인 건가

수레가 웃는다? 그런 일도 있을 수 있겠지요. 의미를 찾으려 하기보다 말의 재미를 쏙 받아들이고 싶어지는 즐거운 다섯 줄입니다. 추상화의 한 부분 혹은 선율이 아름다운 한 파트를 즐기듯.

이 시의 '이상하게 절박한 듯한, 어딘가 정신나간 듯한 독특한 리듬과 이미지'는 시간을 표현하는 데 가장 잘 어울린다고 느껴져, 저는 제 맘대로 시간의 소리일 거라고 생각하고 있습니다. 그것도 인간이 정한 시각이나 시계가 아니라, 또 다른 하나의, 우주 전체를 적시고 흐르는 시간의 소리 같은 것.

더 말을 덧붙이려다가 급히 그만두기로 합니다. 문득 가와사키 히로시의 다른 시가 생각났기 때문입니다.

말

가와사키 히로시

연주를 듣고 있지 않더라도

사람은

♪를 귓속에서 되살릴 수 있다

말로 하지 않더라도

하나의 생각이

사람의 마음에 있는 것처럼

오히려

말로 기록하면

세계는 그 순간 불확실해진다

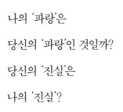

나의 '파랑'은

당신의 '파랑'인 것일까?

당신의 '진실'은

나의 '진실'?

_ 시집 『결혼 축하 노래』

말하려 하면 할수록 도망쳐 가는, 시의 모순. 특히 가와사키 히로시의 작품은 그렇습니다.

그렇다 하더라도 인간보다 빨리 위험을 감지해버리는 동물 같은, 이 불길한 느낌이 어느 날 어느 때 실현되어 '아아, 이것이었던가!' 하고, 이 시를 확실히 이해하게 되거나 하지 않기를……

바 다 에 서

가와사키 히로시

올해 여름 바로 얼마 전

미야자키현 바닷가에서 이런 일을 겪었습니다

해변에서

젊은이 둘이 빈병에 바닷물을 담고 있는 겁니다

뭘 하고 있느냐고 물었더니

둘이 말하기를

우리는 태어나서 처음으로 바다를 보았다

바다가 낮에도 밤에도 움직이고 있다는 것은 놀랄 만한 일이다

그래서 이 바닷물을

병에 담아 가지고 돌아가

대야에 쏟아서

물이 종일 움직이는 모습을 바라볼 생각이다

하는 겁니다

이윽고 "좋은 토산품이 생겼다" 하며

둘은 휘파람을 불면서

저물기 시작하는 해변을 떠났습니다

저녁을 먹을 때

나는 이상스레 감격하여

숙소 사람에게 그 이야기를 했더니

당신도 당하셨구먼그래

그 둘은

근처 어부의 자식이야

하는 겁니다

_ 시집 『코끼리』

제대로 한 방 먹인 어부의 자식 둘이 살고 있던 곳은 '미야자키현 고유군 가와나미 초, 도론토론'이라는 곳이었다고 합니다. 정식 지명이 '도론토론'이라니.

이 이야기는 시인이 쓴 『어머니 나라·아버지 나라의 말: 나의 방언 노트』라는 책에도 자세히 나옵니다. 그는 지금, 전국을 걸어다니면서 풍요로운 방언을 수집하는 일에 열중하여, 잇달아 즐거운 책을 내고 있습니다. 언어학자가 연구하는 것과는 역시 파악하는 방법의 각도를 달리해서, 본래 시인은 모국어에 대해서 이러한 작업을 해야 할 터입니다만, 이제야 물고기를 산 채로 잡듯, 가슴 두근거리는 기쁨으로 붙잡는 사람이 나온 것입니다.

숙소 아주머니가 "그 둘은 근처 어부의 자식이라오" 하며 웃자 "속았지만, 조금도 화가 나지 않고, 거꾸로 이상하게 기쁘다고 해야 할지, 매우 재미있는 재담을 들은 듯한 기분이었습니다"라고 쓰고 있습니다. 저도 '정말 세련된 속임수로구나' 감탄하고 말았습니다. 아무도 상처받지 않는 최고의 유머이고, 젊은이 둘의 행위 자체가 이미 시. 그러므로 술술 소개하는 것만으로 시가 되었습니다. 규슈의 하카타에는 '니와카'라는, 아마추어가 하는 즉흥 희극 전통이 남아 있기도 하고, 규슈에서는 민화의 주인공도 모두 어딘가 익살스러운 데가 있습니다. 그러한 지역적 특색 탓일까요.

인적 없는 바닷가에서, 멍하니 그저 바다를 보고 있던 시인 앞에서, 병 하나에 꿀렁꿀렁 아주 소중하게 바닷물을 넣는 사람을 보면 '무얼 하고 있습니까?'라고 말을 걸고 싶어지리라. 잘 받아주는 사람이 없었다면, 이 이야기도 성립하지 않았을 터이니, 유머를 관장하는 신께서 '가와사키 바다, 도론토론으로 가거라' 하고 은밀하게 조작했을지도 모르겠습니다. 완전히 속아넘어가 '이렇게 교통이 발달했어도, 산간 지방에서 자라 저 나이가 되어서 처음으로 바다를 보는 젊은이도 있구나' 하고 깊은 감동을 받고 돌아간 사람도 있겠지요. 이 둘은 지금도 똑같은 장난을 치고 있을까, 아니면 이제는 동생들에게 물려주었을까.

'도론토론'이라는 이상한 지명을 중얼거리고 있자니, 「지명론 地名論」이라는 시가 떠오릅니다.

지명론

오오카 마코토

수도관水道管은 노래하라

오차노미즈는 흘러

구게누마에 괴고

오기쿠보에 떨어지고

오이라세에서 빛나

삿포로

바루파라이소

돈부쿠투는

귓속에서

낙숫물처럼 계속 뻗어라

기묘하게도 그리운 이름을 가진

모든 토지의 정령이여

신간의 열주列柱가 되어

나를 감싸줘

오오 알지 못하는 토지를 한없이

열거하는 것은

어째서 사람을 이렇게

음악의 방으로 가득 채우는가

불타오르는 커튼 위에서

연기가 바람에

형태를 부여하듯

이름은 토지에

파동波動을 부여한다

토지의 이름은 아마도

빛으로 되어 있다

외국 사투리가 베니스라면

이가 득시글거리는 침대 아래에서

어두운 물이 속삭일 뿐이지만

오오 베네치아

고향을 떠난 빨간머리 아가씨가

외치면 보라

광장의 돌에 빛이 흘러넘쳐

바람은 비둘기를 수태受胎한다

오오

저걸 보라

세타의 가라하시[16]

세타의 종이우산

도쿄는

언제나

흐림

_ 시집 『내 밤의 생물들』

모두가 잠든 한밤중, 혼자서 일을 하고 있고, 마침 배가 고파 부엌에 와보니 패킹이 느슨해졌는지, 수도꼭지에서 똑똑 물이 떨어지고 있어 '야, 너도 일어나 있었니' 하고 말을 걸고 싶어져서,

수도관은 노래하라

싱싱한 첫줄이 튀어나옵니다.

"살아 있는 모든 것, 어느 것인들 노래 부르지 않겠는가"는 일본 최초의 시론詩論이라 할 만한 것으로 기노 쓰라유키가 쓴 『고킨와카슈古今和歌集』(905)의 서문에 나오는 구절입니다. 시론은 세계적으로 무수히 있겠습니다만, 새와 개구리와 벌레도 완전히 동렬同列에 두고 있는 시론은 드물지 않을까요. 우리 선조의 그러한 겸허함은 아주 바람직하게, 수도관에조차 '너도 노래하라' 하고 권하지 않고는 못 배기는 형태로 전해져 오고 있는 건지도 모르겠습니다.

자, 그러고는 자유분방하게, 물은 간다의 '오차노미즈'에서, 가나가와현의 '구게누마'로, 다시 도쿄 서쪽의 '오기쿠보'로 돌아오고, 저 멀리 아오모리현의 오이라세로 흘러든다. 평범하게 읽으면 그렇게 되고, 이것은 이상하다. 수도관 계로系路가

온통 엉망진창 뒤죽박죽. 첫 행의 수도관에 끌려가버린 결과
입니다만, '구게누마의 누마(늪), 오기쿠보의 쿠보(웅덩이), 오
이라세의 세(여울)'로 물에 관련된 지명이 잇달아 나오고, 다
시 비약하여 이번에는 물과는 관계없이 지명의 소리에서 오
는 연쇄반응처럼,

삿포로
바루파라이소(남미 칠레의 거리)
돈부쿠투(아프리카 마리 공화국의 거리)

로 튑니다.

오오 알지 못하는 토지를 한없이
열거하는 것은
어째서 사람을 이렇게
음악의 방으로 가득 채우는가

마음이 흐트러질 만큼 아름다운 4행. 그리고 이탈리아의 물
의 도시가 나옵니다. 베니스와 베네치아는 같은 곳입니다만
『베니스의 상인』이라 하는 것처럼, 베니스 쪽이 아주 일반적

입니다. 외국 사투리로 베니스라고 하면, 음울한 불결함밖에 연상되지 않지만, 그곳에서 태어난 아가씨가 멀리 고향을 떠나 그리움을 담아 '오오 베네치아'라 외치면, 햇볕이 쨍쨍, 바람이 엉겹결에 비둘기를 잉태하는 기적마저 일어날지 모르는, 생기 넘치는 거리가 나타난다, 고 분명하게 말하고 있습니다. 이러한 일은 확실히 있어, '아키타'라고 맑은 소리로 말하면 아무것도 나타나지 않지만 '아기다사 게에루'[17]라고 그 지역 사람이 말하면, 동해에서 거대한 도루묵 떼까지 춤추며 나오는 듯합니다.

수도관에서 시작하여, 꽤 이상한 곳으로 나와버린 시로 보일지도 모르겠습니다. 이제까지 다루었던 시와 비교하면 의미를 파악하기 힘든 데가 있습니다.

오오카 마코토는 젊었을 때, 쉬르레알리슴(초현실주의) 연구회를 만들어 동료들과 공부했던 시기가 있었는데, 그것이 이 시의 바닥에도 흐르고 있습니다. 한마디로, 의식의 바닥에 숨어 있는 것을 망설임 없이 움켜쥐고 흩뿌려, 지리멸렬이야 아무것도 아니다, 그러나 내적으로는 어딘가 이어져 있어 기묘한 통일감이 없지도 않은 기법으로, '쉬르'라고 불리는 그림을 떠올리면 이해하기 쉽고, 미술작품에서는 우리도 꽤 익숙한 것입니다.

이 시의 내부에서 이어져 있는 것은 '물'과 '지명'으로, '세타' '다리' '흐림' 모두 물과 관계된 것투성이입니다.

외국에서는 쉬르레알리슴 시가 탄생할 수밖에 없었던 경로가 있었겠습니다만, 일본어로 하면 아무래도 수입품 냄새가 나고, 어색해서 시를 즐길 수 없는 경우가 많습니다. 하지만 「지명론」은 성공하여, 평범하게 쓰는 방식에서는 나타나지 않는 동적인 언어의 바람을 불러일으키고 있습니다.

또 하나 재미있는 것은, 이 시가 예언적 역할을 해냈다는 점입니다. 1967년경에 쓴 작품이니까, 지금으로부터 10년도 훨씬 더 전입니다만, 최근 10년 각지에서 행정적으로 마구 지명을 변경하는 작업이 진행되었습니다. 문득 알아챘을 때는 고야 마치, 가지 마치, 아오바다이, 고비키 마치, 조자 마치, 쓰노하즈, 사이카 마치, 야마데라 마치, 마미아나 같은 예부터 내려온 유서 깊은 지명이 혼초, 미도리초, 주오 길, 대로 따위의 재미없는 이름으로 바뀌어버린 것입니다.[18] 1962년(쇼와 37)에 '주거 표시에 관한 법률'이 생겼기 때문입니다만, 동사무소나 시청은 그렇게 해서 도대체 얼마만큼 편리함을 얻었던 것일까요.

컴퓨터에 입력하기 편리해진 대신, 우리는 소중한 것을 잃어버렸습니다. 조상들이 개척하고 살아온 땅에, 나중에 들어와서 살

게 된 처지니까, 경의를 표하여 어느 시대 사람이나 예부터 내려온 지명을 소중히 지키고, 함부로 손대는 바보 같은 짓은 하지 않았습니다. 그래서 이제까지 남아 있었는데 요새 와서 잘난 체하며 전국적으로 어리석은 짓을 저질러버렸습니다.

옛 지명과 새 지명을 비교하면, 옛날 사람들이 얼마만큼 멋진지, 요즘 사람들이 얼마만큼 언어 감각이 둔한지를 알 수 있어 놀랍니다. 게다가 지명은 역사뿐만 아니라 지형地形을 표현하고 있는 경우도 많아 '후세의 연구를 기다린다' 싶을 만한 힌트를 많이 간직하고 있습니다. 오랜 세월, 문자는 바뀌어도 지명의 음音만은 전해진다는 점을 고려해서 사람들이 대대로 남겨주었을 터인데.

이래서는 안 되겠다 싶었는지 1978년에 '지명을 지키는 모임'이 생겨, 전국적인 규모로 반대하고 지켜보자는 운동이 펼쳐졌습니다. 야마가타현 요네자와 시처럼, 다시 한 걸음 나아가 이 개악을 뒤집어엎어 모두 옛 지명을 부활시킨 곳도 있습니다.

이 모임이 생기기 10년도 더 전에 「지명론」이 나왔던 것입니다.

기묘하게도 그리운 이름을 가진

모든 토지의 정령이여

(…)

이름은 토지에
파동波動을 부여한다
토지의 이름은 아마도
빛으로 되어 있다

이들 시행은 일본뿐만 아니라 세계의 모든 지명에 대한 애정
과 찬탄으로 가득하여, 단 한 마디 설교 없이 그 소중함과 고
마움을 우리에게 건네주고 있습니다. 「지명론」과 '지명을 지키
는 모임'에 직접적인 연관은 없지만, 어딘가에서는 이어져 있
는 것 같으니, 이것이야말로 사회현상의 쉬르레알리슴이라 할
수 있겠습니다.

유럽에는 시인을 예언자로 존경했던 역사가 있습니다만, 일본
에서 그러한 의식은 희박했던 것 같습니다. 쓰는 쪽이든 읽는
쪽이든. 하지만 메이지(1867~1912)나 다이쇼(1912~1926)의
시, 예를 들어 이시카와 다쿠보쿠, 요사노 아키코, 가네코 미
쓰하루, 야마노 구치바쿠, 미야자와 겐지 그리고 현대시에서
도 '이제와서야 아 그렇구나' 싶은, 시대를 예견하고 있는 작
품을 얼마든지 들 수 있습니다.

꼬 마 뱀

구도 나오코

따뜻한 걸
산책은 하고 싶어
꼬마뱀은
집에 자물쇠를 잠그고
어슬렁어슬렁 집을 나섰다

안녕하세요 하니
작은새는 팟 날아오르고
족제비는 왜 하며 으른다
저런 허리띠는 짧고 멜빵은 기네 하며
친구들은 소리 죽여 웃었다

꼬마뱀은 서둘러 집에 돌아가

안에서 자물쇠를 잠그고
타다 남은 모기향처럼
둥글게둥글게 잠들었다
하지만 ……
따뜻한 걸
산책은 하고 싶어

꼬마뱀은
다시 한 번 집을 나섰다
아무도 없는 곳까지
안녕하세요 말하지 않고
어슬렁어슬렁 거리지 않고

철학하는 사자

구도 나오코

사자는 '철학'이 마음에 들었다. 달팽이가, 사자란 짐승의 왕으로 철학적인 모습을 하고 있는 존재라고 가르쳐주었기 때문이다.

오늘 사자는 '철학적'이 되려고 생각했다. 철학이란 앉은 모습부터 궁리하는 편이 좋다고 생각했기 때문에, 꼬리를 오른쪽으로 구부리고 엎드려 앉아, 앞발을 겹쳐서 가지런히 모았다. 목을 뻗어 오른쪽으로 비스듬히 위를 향했다. 꼬리를 구부린 상태를 감안하면 그쪽이 좋다. 꼬리가 오른쪽이고 얼굴이 왼쪽을 향한다면, 칠칠맞지 못해 보인다.

사자가 얼굴을 향한 방향으로, 초원이 이어지고, 나무가 한 그루 자라고 있었다. 사자는 그 나무의 우듬지를 바라보았다. 우듬지의 이파리는 바람에 날려 흔들렸다. 사자의 갈기도 때때로 흔들렸다.

(누가 오면 좋을 텐데. "뭐하고 있어?" 물어보면 "철학하고 있어" 대답하는 거야)

사자는, 곁눈으로, 누가 오는지 망을 보면서 가만히 있었지만 아무도 오지 않았다. 해가 졌다. 사자는 어깨가 뻐근하고 배가 고팠다.(철학은 어깨가 뻐근하구나. 배가 고프면, 철학은 못 하겠구나)

오늘 '철학'은 끝내고, 달팽이네로 가기로 했다.

"여어, 달팽이. 나는 오늘, 철학이었어."

"여어, 사자. 그거 잘됐네. 그래서 어땠어?"

"응. 이랬어."

사자는, 철학을 했던 때의 모습을 해 보였다. 아까와 마찬가지로 목을 뻗고 오른쪽으로 비스듬히 위를 보자, 거기에는 해 저무는 하늘이 있었다.

"아아, 이 얼마나 좋은가. 사자, 당신의 철학은, 정말로 아름답고 정말로 훌륭해."

"그런가? ……정말로……뭐라고? 다시 한 번 말해주지 않겠나?"

"응. 정말로 아름답고, 정말로 훌륭해."

"그런가, 나의 철학은, 정말로 아름답고 정말로 훌륭한가? 고맙네 달팽이."

사자는 어깨가 뻐근한 것도 배가 고픈 것도 잊고, 가만히 철학이 되어 있었다.

_ 시집 『쇼와 37~47년(1962~1972)』

「꼬마뱀」도 「철학하는 사자」도 왠지 내 얘기 같아서 마음이 동합니다. 「꼬마뱀」만큼은 아니더라도, 다른 사람이 거북살스 럽거나 익숙해지지 않거나, 몸을 숨기고 싶어지거나 했던 나. 「철학하는 사자」처럼 젠체하고 싶었던 나.

편안하고 여유 있게 썼기 때문에, 읽는 쪽도 즐거워지고 자극 을 받아 이 정도라면 나도 쓸 수 있겠다 싶어, 흰 수첩 따위 를 딱 꺼내어 봅니다만, 전혀 안 됩니다. 언어를 다루는 솜씨 가 매우 세련되어 새삼스레 넋을 잃고 맙니다. 도저히 흉내낼 수가 없습니다.

구도 나오코의 『쇼와 37~47년(1962~1972)』이라는 시집에는 파리를 동경하는 고래, 껍질 속에서 남모르게 허리를 재는 달 팽이, 살찌는 게 싫은 당나귀, 사소한 일에도 잘 웃는 새끼코 뿔소, 쓸쓸한 나머지 먹잇감인 얼룩말과 굳센 우정을 맺고 마 는 사자 등 다양한 동물이 나옵니다. 그들은 아주 우정이 두텁 고, 그 우정은 성가신 심리적 굴곡 없이 담담하고 깨끗합니다. 「철학하는 사자」에도 그것이 잘 나타나 있습니다.

딱히 철학자를 놀리고 있는 것은 아닙니다만, 친구 달팽이가 아름다운 '해 저무는 하늘'을, 철학 자체라고 철석같이 믿어버 리는 게 근사합니다. 사자도 철학의 본체 따위 아무래도 좋다 고 여기는 듯한 데가 있어 재미있습니다. 위풍당당한 사자는 심원한 것을 생각하고 있는 듯한 폼을 잡지만, 사실은 갈기의 상태 같은 것만 신경 쓰고 있는지도 모릅니다.

저는 때때로 생각이 나고, 그들과 만나고 싶어져서 『구도 나오코 시집』을 펼칩니다. 친밀하고 마음이 씻기는 듯합니다.

그러면 철학에서, 단숨에, 화장실 청소로 가보겠습니다.

변소 청소

하마구치 구니오

문을 엽니다

머릿속까지 구립니다

똑바로 볼 수가 없습니다

신경마저 마비되고 슬프게도 더럽습니다

청소가 단숨에 싫어집니다

구역질날 듯한 똥이 싸질러져 있습니다

어째서 차분히 하지를 못할까요

똥구멍이 휘어져 있는 걸까요

아니면 그렇게나 다급했던 걸까요

화낸다고 아름다워지지 않습니다

아름답게 만드는 게 우리 임무입니다

아름다운 세상도 이런 곳에서 출발하는 거겠지요

입술을 꼭 깨물고 문턱에 발을 걸칩니다

조용히 물을 뿌립니다

똥덩이에 조심조심 비를 댑니다

풍덩풍덩 변기에 떨어집니다

가스탄이 코끝에서 터지기라도 한 듯 괴로운 공기가 발산됩니다

심장 손톱 끝까지 구립니다

떨어질 때마다 똥물이 튀어 곤란합니다

말라붙은 똥은 좀처럼 떼어지지 않습니다

수세미에 모래를 얹습니다

손을 찔러 넣어 닦습니다

오수汚水가 얼굴에 튑니다

입술에 달라붙습니다

그런 거에 신경 쓸 겨를이 없습니다

득득박박 아름답게 만드는 것이 목적입니다

그 손으로 야한 낙서 여기저기 묻어 있는 똥도 닦아냅니다

커다란 성기性器도 닦아냅니다

아침 바람이 변기에서 얼굴을 쓰다듬어 올립니다

마음도 똥이 되어갑니다

물을 뿌립니다

마음에 밴 냄새를 씻어내게 뿌립니다

걸레로 문지릅니다

변기 덮개 안쪽까지 꼼꼼하게 문지릅니다

사회악을 닦아내는 심정으로 힘껏 문지릅니다

다시 한 번 물을 뿌립니다

걸레로 마무리를 합니다

크레졸액을 뿌립니다

일순 하얀 유액乳液에서 신선함이 흐릅니다

조용하고 기쁜 마음으로 앉아 있습니다

아침 햇살이 변기에 반사됩니다

크레졸액이 변기 속에서 무지갯빛으로 반짝입니다

변소를 아름답게 만든 딸은

아름다운 아이를 낳는다 하셨던 엄마가 생각납니다

나는 남자입니다

아름다운 아내를 만날지도 모르겠습니다

_『하마구치 구니오 시집』

화장실 청소가 시가 되다니, 서양의 시신詩神(뮤즈)이 알면 기겁할 일이지요. 그런 의미에서, 이 시는 매우 참신하고 전위적이고 당당한 '시'입니다. 여러 시선집에 들어 있는 걸 보면, 많은 이에게 사랑받으며 지금까지 살아남아 있음을 알 수 있습니다.

"부디 이 사람에게, 얼굴도 몸매도 마음씨도 고운, 남들이 부러워할 청초한 신부가 나타나기를…… 그러지 않으면 화낼 테니까, 정말."

처음에 읽었을 때, 그런 기도가 마음 깊은 곳에서 솟구쳐 올라왔습니다.

시인 하마구치 구니오(1920~1976)는 국철國鐵 직원으로, 가나자와에서 화물운송 전문차장을 오랫동안 했습니다. 시인이 젊었을 때, 패전 후의 혼란기에 해당됩니다만, 그 무렵에 쓴 시입니다. 1953년 무렵은 먹을 것과 입을 것이 부족했고, 그래서 예절도 알지 못하여 역도 공중화장실도 아주 더럽고 지저분했습니다.

당시에는 대학 졸업자라도 신입 역무원은 처음에 역사와 플랫폼, 화장실 청소를 맡았다고 합니다. 읽자마자 머리에 떠오른 것은 제가 초등학교 당시 화장실 청소 당번을 맡았던 때의 일이었습니다. 정말 이 시 그대로이고, 또렷이 기억이 되살아나는 것은 하마구치 구니오의 시가 리얼하기 때문이겠습니다. 너무너무 하기 싫어 견딜 수 없었지만, 크게 마음먹고 해치우고 나면, 후련해진 마음으로 돌아가곤 했습니다.

예전에는 학교든 직장이든, 만담가나 배우를 지망하는 젊은 이든 '제일 처음으로 맡기는 일은 화장실 청소'라는 게 교육법이었으니, 지금에 와서 생각하면 대단한 일이었습니다. 지금은 청소 회사 등에 의뢰하고, 첫 입학 첫 출근과 동시에 그런 일을 시키는 곳은 없어졌습니다. "공부 안 하면 너도 나중에 저런 사람들처럼 되는 거야" 하고 청소에 관련된 제반 작업을 하고 있는 사람 옆에서 아이를 질타하고 격려하는 엄마가 있다고 들었습니다만, 이런 한심한 엄마가 늘어난 원인도 공중화장실 청소의 괴로움을 알지 못한 채 살아온 둔감함에서 온 게 아닌가 싶어, 화장실 청소는 그만둘 게 아니었다는 생각이 듭니다. 사람이 가장 싫어하는 일을 착실히 해주는 직종의 사람들이 있기에 전염병이 돌지도 않고, 모두 어떻게든 살아갈 수 있는 건데······.

시로 돌아가겠습니다. 시 전체는 작업 순서를 좇아, 군더더기 없이 본 대로, 한 대로 스스로 하나하나 확인하는 듯한 형태로 쓰여 있습니다. '습니다, 입니다'로 쓴 것도 한 매듭씩 일단락되는 노동의 리듬을 전하며 그 느낌이 잘 살아 있습니다.

하지만 이 시가,

사회악을 닦아내는 심정으로 힘껏 문지릅니다

혹은,

크레졸액이 변기 속에서 무지갯빛으로 반짝입니다

부분에서 끝났다면, 읽고 얼마 지나지 않아 잊어버리고, 지금까지 이렇게 강렬하게 기억하고 있지는 않았겠지요. 시는 아니라고 생각했을지도 모르겠습니다. 그렇습니다. 「변소 청소」를 시로 만든 것은 마지막 4행입니다. 여기에 와서 비약적으로 탕 하고 다른 차원으로 날아오릅니다. 비행기로 비유하자면, 노동 묘사를 하나하나 포개어 쌓은 것은, 조금씩 조금씩 활주로를 미끄러지고 있는 상태이고, 점점 속도를 높여 어느 순간 슉 하고 이룩하는 순간이 마지막 4행입니다.

저는 늘 생각합니다. 이룩의 순간을 갖지 않은 언어는 시라고 할 수 없습니다. 조금씩 조금씩 활주로를 미끄러지기만 하다 끝나버리는 '시 아닌 시'가 이 세상에는 얼마나 많은지요.

제1행에서 '이미 하늘 높이 날아올라, 행방을 알 수 없는' 본

격파도 있고, 이제까지 든 시에서도 얼마든지 찾아낼 수 있습니다. 시가詩歌를 지향하는 사람은 대부분의 노력을 제1행에서 날아오르는 데에 쏟고 있는지도 모르겠습니다. 그것이 산문과 다른 지점으로, 중장비를 갖추고 조금씩 조금씩 땅을 기어가고 등산하는 것이 산문이라면, 땅을 박차고 공중을 비행하는 것이 시라고도 할 수 있습니다. 「변소 청소」는 산문적인 언어를 겹쳐 쌓다가 마지막에 아주 멋지게 비상하여, 누구의 눈으로 보더라도 명백히 이륙했기 때문에 훌륭한 참고가 됩니다.

변소를 아름답게 만든 딸은
아름다운 아이를 낳는다 하셨던 엄마가 생각납니다
나는 남자입니다
아름다운 아내를 만날지도 모르겠습니다

커다란 폭을 지닌 남자다운 아리아입니다.
하지만 이 마지막 연이 아무리 좋다 하더라도 만약 그것뿐이었다면, 감명은 옅었을 것입니다. 사태에 입각한 충실한 묘사가 전반에 있었기 때문에 마지막 연이 돋보이는 것입니다.
그리고 더러운 것이라도 충분히 시가 되고, 특별히 시어라 할

만한 것도 없이, 보통 쓰는 말이 승격되었을 뿐, 시의 아름다
움은 결국 그것을 쓴 인간이 훌륭한지 아닌지, 그것이 극비의
열쇠를 쥐고 있는 것 같다…… 이런저런 가르침을 받습니다.
연보에 따르면, 학력은 초등학교 고등과[19] 졸업, 젊을 때는 병
사로 중국·필리핀·사이공·뉴기니 등 각지를 전전하며 싸웠
고, 소집 해제된 뒤에 곧 국철에 취직했습니다.
시인은 이미 돌아가셨지만, 뭐라 말할 수 없는 청년의 싱싱하
고 앳된 모습은 이 시 안에 언제까지나 머물러 있는 것 같습
니다.

주소와 만두

이와타 히로시

오모리쿠大森區 마고메초馬込町 도시東四의 30

오모리쿠 마고메초 도시의 30

두 번이고 세 번이고

완장을 찬 어른에게 대답했다

미아가 된 꼬맹이

석양이 사라지기 조금 전에

언덕 아래에서 비스듬히

이군이 올라왔다

나는 위에서 내려갔다

가느다란 눈으로 부끄러운 듯 웃어서

나는 이군이 좋았다

이군 내가 좋았을까

석양이 져 어두워진 가운데

우리는 바람과 돛단배와

눈이 오지 않는 남양南洋 이야기를 했다

그러고 있는데 모두 달려와서

솜사탕처럼 모여서

비행기처럼 모두 소리쳤다

냄새 나 냄새 나 조선 냄새 나

나 금방 이군에게서 떨어져서

입 빠끔빠끔거리며 소리치는 척했다

냄새 나 냄새 나 조선 냄새 나

지금 그것을 떠올릴 때마다

나는 한 접시 500원짜리

한밤중의 만두가게에 달려가서

되도록 꽉꽉 마늘을 채워달라 부탁하여

먹어버리는 것이다

두 접시고 세 접시고

두 접시고 세 접시고!

_『이와타 히로시 시집』

마고메는 언덕이 많은 동네라, 자칫 잘못하면 이상한 곳으로 가버립니다. 길을 잃고 자기를 둘러싼 어른들에게 필사적으로 몇 번이고 제 주소를 되풀이 말하여 겨우 길을 알아내 집으로 가는 길로 돌아갑니다. 터벅터벅 걸어서 '이 언덕인가' 하며 내려가는데, 친구 이군이 올라오는 게 보였습니다. 그제서야 자기가 아는 익숙한 공기, 익숙한 생활권으로 돌아온 것입니다. 길을 잃었던 나는 마음이 놓여, 이군과 폭발적으로 떠들기 시작. 그곳에 또 몇 명인가 친구들이 모여들어, '조선 냄새 나, 냄새 나' 노래하듯 퍼붓는 것입니다.

시인은 이군을 좋아했는데, 엉겁결에 악동들 편으로 돌아서서, 입을 빠끔빠끔거리며 소리치는 척. 친구를 배신하고 비겁한 행동을 한 것인데, 그것이 같은 일본인 사이에서 일어난 일이 아니어서 더욱 복잡한 쓴맛을 남기고, 어른이 되고 나서 어느 바람에 생각이 나면, 부끄러워서 마음속이 새빨간 고추빛으로 물들어버립니다. 그때 이군이 지었던 표정까지 생생하게 기억하고 있다고 하면……. 이러한 수치심은 남에게 벗은 몸을 보여 '꺅' 하는 따위에 비할 바가 아닙니다. 이제 어떻게 사과할 도리도 없게 되어, 만두가게에 달려가 마늘을 꽉꽉 넣은 만두를 몇 접시고 덥석덥석 먹어치우는 행위로 표출하는 수밖에 없습니다.

더욱이 시인이 길을 잃었을 무렵, 일본과 한국은 대등한 사이가 아니라, 식민지화되어 있었습니다. 이름도 싹 일본식으로 바꾸게 했고, 한국어 사용을 금지하는 등 일본은 심한 짓을 하고 있었습니다. 예를 들어 일본이 어느 나라의 식민지가 되어 내일부터는 러시아어나 영어밖에 사용할 수 없다면, 노인이나 어린이에 이르기까지 그렇게 하도록 강요받고 일본어를 사용하면 형무소에 갇혀버리게 된다면, 얼마나 고통스러울까요. 일본은 한국에 그러한 고통을 36년이나 강요했습니다.

이군은 지금 어떻게 지낼까요, 독립한 고국으로 돌아갔을까요. 오모리쿠大森區 마고메초馬込町 언덕에서의 일을 지금도 기억하고 있을까요, 잊어버렸을 리는 없습니다.

이군 내가 좋았을까

의문형으로 되어 있습니다만, '이군 내가 좋았다'라고 써도 좋을 만큼, 시인은 확신하고 있었을 것입니다. 이군이 밉다는 마음으로만 기억하고 있는지, '꼬맹이' 이와타 히로시를 조금은 그리운 마음을 담아 기억하고 있는지 그것은 알 도리가 없습니다.

다만 일본인 입장에서는, 예전에 저지른 비인도적인 일에 대한 수많은 자료·통계·논문을 읽는 것보다 이 한 편의 시가 훨씬 마음을 쿡 찌르고, 일본과 한국의 과거에 있었던 불행을 비추어준다고 느낍니다. 아마도 그것은 시인이 제 부끄러움에 대한 통렬한 감각을 숨기지 않았기 때문이겠습니다. 그러므로 잊히지 않는 한 인간의 언어로서 전해주는 것이고, 군더더기 없는 시의 기법이 사태의 본질만을 움켜쥐고 있기 때문일 것입니다. 요 30년 사이에 쓰인 시 가운데 가장 좋은 것 중의 하나로 저는 꼽고 있습니다.

바 람

먼 곳에서 생긴 일에

사람은 상냥하다

(나는 그것을 알고 있다

불어와서 말했던 바람)

가까운 곳에서 생긴 일에

사람은 입을 다문다

(나는 그것을 알고 있다

불어와서 말했던 바람)

먼 곳에서 생긴 일에

사람은 아름답게 분노한다

(나는 그 이유를 알고 있다

불어와서 말했던 바람)

가까운 곳에서 생긴 일에

사람은 신문지와 같은 목소리를 낸다

(나는 그 이유를 알고 있다

불어와서 말했던 바람)

가까운 곳에서 생긴 일에

우리는 제 목소리를 내었다

(나는 그 소리를 들었다

불어와서 말했던 바람)

가까운 곳에서 생긴 일에

사람은 무서워서

우리는 작은 배처럼 떨었다

(불어와서 말했던 바람)

먼 곳에서 생긴 일에
맞서는 것은 먼 곳의 사람이고
가까운 곳에서 생긴 일에
맞서는 것은 가까운 곳의 우리들

(당연한 노래를
바람이 듣고 말했다
당연한 괴로움을
바람이 듣고 말했다)

_ 시집 『어린이와 전쟁』

부드러운 노래, 산들바람처럼 무심하게 쓰여 있습니다만, 무서운 내용이 들어 있습니다. 기압이 높은 곳에서 낮은 곳으로 공기가 이동하는 것에 불과한 바람, 하지만 솔솔 불어오는 바람은 세상에서 일어나는 모든 것을 알고 있으면서도 아무 말도 하지 않는 지혜로운 사람, 그러한 커다란 인격을 지닌 존재처럼 느껴지기도 합니다.

먼 곳에서 생긴 일에
사람은 상냥하다
(⋯)
가까운 곳에서 생긴 일에
사람은 입을 다문다

이웃나라 공주님이 종교 계율 때문에 사랑하는 사람과 결혼하지 못하고 헤어졌을 때, 먼 나라 사람들은 가엾다며 넘치는 상냥함을 보입니다. 자기하고는 아무런 관계도 없는 일이니까. 하지만 제 주변에 복잡한 사정이 뒤얽힌 연애가 있으면, 사람들은 입을 다물고, 괜히 휘말리지나 않을까 염려하여 짐짓 시치미를 떼며 모른 체합니다.

먼 곳에서 생긴 일에
사람은 아름답게 분노한다
(…)
가까운 곳에서 생긴 일에
사람은 신문지와 같은 목소리를 낸다

이것도 통렬합니다. 아우슈비츠에서 일어난 일이나 유대인 소
녀 안네의 비참한 생애에는 더할 나위 없는 정의감으로 분노
할 수 있지만, 같은 시대 일본이 중국·한국·동남아시아에서
저지른 일은 선전선동 보도에 휘말려 크게 기뻐하며 만세를
외쳤고, 지금도 그 옛날 안네를 위해 흘렸던 눈물을, 동양의
무수한 안네들을 위해서는 흘리지 않습니다. 이 불균형! 이
웃나라에서도 꼭 같은 일이 벌어지고 있겠지요.
자기와 자기 주변은 얼마나 보이지 않는 법인지요. 하지만 시
의 후반은 그러고 싶지 않다는 바람으로 끝맺고 있습니다.
빙산氷山처럼 바닷물의 표면 밑에 커다랗게 잠겨 있는 시인
의 사고를 제 나름으로 더듬어보았습니다만, 딱 맞지는 않더
라도 그리 멀지는 않으리라 생각합니다. 이시카와 이쓰코는
「검은 다리」라는 훌륭한 작품도 썼는데, 1937년에 일본군이
저지른 난징 대학살을 다루고 있습니다. 더구나 그 일을 저

지른 한 명 한 명의 일본인은 시치미를 뚝 떼고 귀국하여 보통 시민으로 살아가면서, 딱히 죄의식도 없이 이제는 다 지난 일, 완전히 끝난 일이라며 "밝은 레코드로 바꿔줘, 더욱 밝은……" 따위를 지껄이고, 작은 아이는 무엇 때문에 연상되었는지 툇마루에서 발톱을 깎고 있는 아버지에게 "아빠 손이 살인자 같아"라고 깜짝 놀랄 말을 합니다. 이 '아빠'는 이제 할아버지가 되어가고 있겠습니다만, 그런 옛날 일은 나하고는 아무런 관계도 없다고 딱 잘라버리는 젊은 세대도 많아졌습니다.

하지만 지구가 이렇게 좁아지고 보니, 일하러 유학하러 외국에 가는 사람도 점점 늘어났고 "일본인은 딱 질색이니까 일체 말하고 싶지 않다"는 대접을 받고 당황했다는 젊은이의 이야기도 자주 듣습니다. 과거의 일을 조금이라도 알고 있다면 거기에서 생각을 전개할 수 있겠습니다만, 아무것도 모르면 싸늘한 냉대를 받아들이기 어려워 고민에 빠지고 "어디어디 나라 사람은 딱 질색이야" 하고 끝나지는 않을까요.

중국과의 관계는 호전되었습니다만, 그것을 너무 아무렇지도 않게 생각하는 사람들을 보면 때때로 무서워집니다.

아무튼 「바람」은 노랫말에 가까운, 부드러운 말로 이만큼 깊은 내용을 전하고 있습니다.

작사와 작곡 모두 할 줄 아는 젊은이가 늘어나고 있어 우리 연배에서 보자면 부러울 따름입니다만, 곡은 그렇다 치고 작사는 '얼마간 백치 같은 데가 있어 아쉽네' 하고 생각할 때가 많습니다. 「바람」만큼 언어를 조합할 수 있다면, 줄줄이 나오는 노래들도 좀 더 깊이를 더하겠지요. 말을 선택하고 조합하는 방법은 무한할 터이고, 일본어도 방대하게 매장되어 있는 채로 모르는 척, 어느 날 어느 때 누군가에게 발굴되기를 기다리고 있는지도 모르겠습니다.

진지해진 김에 잠깐 더 진지함을 이어가겠습니다.

쓸쓸함의 노래

국가는 모든 냉혹한 괴물 가운데 가장 냉혹한 괴물이다.
국가는 차가운 얼굴로 속인다. 그 입에서 거짓이 기어나온다.
"나 국가는 민중이다."
_ 니체 『차라투스트라는 이렇게 말했다』

1

어디에서 배어나오는 거야. 이 쓸쓸함이란 놈은.
해질녘에 피기 시작한 것 같은, 저 여자의 피부에서인가.
저 얼굴에서인가. 뒷모습에서인가.

실처럼 가느다란 마음에서인가.
그 마음을 꾀는

정말로 덧없는 풍경에서인가.

달빛. 희미한 문창호지에서인가.

앙상하게 낡은 다다미 위를 구르는 마른 잎에서인가.

그 쓸쓸함은, 우리 등골에 기어들어,

습기나 곰팡이처럼 시나브로

마음을 썩게 만들어, 피부에 배어나온다.

돈으로 사고파는 여자의 쓸쓸함이다.

아등바등대며 성장한

고아의 쓸쓸함이다.

그것이 생업이라 생각하고 있는 놈의,

자기 정체성 없는, 껍데기만 흔들거리고 있는 쓸쓸함이다.

애초부터 사람은 질그릇이다, 라는.

공양미 열 톨을 담은 그릇.

사철쑥 사이에

버려진 이 빠진 그릇.

쓸쓸함은, 그 언저리에서 피어오른다.

'무無'로 바뀌는 생生의 가장자리에서,

안쪽만 읽는 습관이 든

서로 더듬거리는 마음과 마음으로부터.

낡아빠져 누렇게 된 것으로부터, 퇴색해가는 것으로부터,

예를 들어 까다로운 시어머니 같은 가헌家憲으로부터,

조금씩, 조금씩

쓸쓸함은 눈에 보이지 않게 퍼진다.

맹장지나 벽에서

비가 새는 것처럼.

눈물이 배는 것처럼.

쓸쓸함은, 눈을 종종 찌르는 낙엽 태우는 연기.

소곤소곤 흐르는 물의 흐름.

적적하게 흘러가는 계절의 추이, 가지의 작은 흔들림

돌의 언어, 나이를 먹어가는 풀의 이삭.

지나가는 모든 것이다.

한 길은 되는 말라비틀어진

억새밭을 밀치고,

쓸쓸함은 여행을 떠난다.

차가운 낙일落日의

조개구름.

쓸쓸함은, 오늘밤 숙소를 찾아,

터벅터벅 걷는다.

밤새도록 산울림 소리를 들으면서,

혼자, 팔꿈치를 베개 삼고,

토산주土産酒 술병을 흔드는 소리에, 문득,

헤어진 아이의 울음소리를 듣는다.

2

적막함에 덮인 이 국토의, 깊은 안개 속에서,

나는 태어났다.

산꼭대기, 골짜기를 지우고,

호수 위에 피어난 안개가

50년 내 과거와,

미래를 막고 있다.

뒤에서부터 뒤에서부터 피어올라, 뒤덮는 운연雲煙과 함께,

이 나라에서는,

쓸쓸함만이 언제나 신선하다.

이 적막함 속에서 얼마 안 되는 인생의 달콤함을 쥐어짜내어

그것을 의지 삼아 우리는 시를 썼던 것이다.

이 쓸쓸함의 끝에 우리는 바라본다. 도라지桔梗 개미취紫苑.

흘러내리기 시작한 이슬과 함께, 축 늘어져, 쓰러진 채인 여자들.

체념의 끝에 핀 석송石松.

입술연지에 남은 쓸쓸함, 화장한 여윈 모습. 그 쓸쓸함의 깊숙

한 곳에서 나는 듣는다.

빠르게 쇠약해지는 여자의 숙명에 드리운 어둠으로부터, 들려

오는 상염불常念佛을.

……콧물 닦는 종이에 싼 한줌의 흑발黑髮. 그 머리카락으로

맨 두꺼운 모망毛網.[20]

이 쓸쓸함을 대발로 말아서 물속에 처넣는 '요시와라 뗏목.'[21]

이 쓸쓸함을 상감象嵌한 햐쿠메 철포鐵砲.[22]

동쪽도 서쪽도 바다로 둘러싸여, 기어나갈 틈도 없는 이 나라

사람들은, 스스로를 가두고,

이 나라야말로 우선 아침해가 비치는 나라라고, 굳게 믿었다.

이쑤시개를 깎듯이, 가느다랗게 양심을 뾰죽하게 만들어,

우아한 가나 문자로 글을 지은 모노노아와레.[23] 쓸쓸함에 천 번이나 씻겨,

눈에도 선명한 우타마쿠라.[24]

기사카타[25]나 니오노 우미.[26]

깃털로 만든 빗자루로 그린

시가[27]의 잔물결.

조카이산, 하구루산의

구름에 돌입한 봉우리들,

석장錫杖 뒤에 용출湧出한 기서奇瑞한 탕湯.

먼 산의 안개, 산 벚꽃, 마키에[28] 나전螺鈿의 가을벌레 이름 대기.

이 나라에 흩어져 핀 꽃의 유젠[29] 무늬.

아름다운 것은 아쉬워할 틈도 없이 변해간다고, 영탄을 담아,

지금도 여전히, 자연의 쓸쓸함을, 시로 소설로 계속 쓰는 사람들.

정말로 그대가 말한 대로, 쓸쓸함이야말로 이 나라의 토착적인
슬픈 숙명이고, 쓸쓸함 빼고 아무것도 남지 않은 무일물無一物.

하지만, 쓸쓸함의 뒤는 빈곤. 논에서, 헤어나오지 못하는 농사
꾼의 긴 전통에서 나온 무지와 체념, 비굴로부터 쓸쓸함은 퍼
져나가는 것이다.

아아, 그러나, 내 쓸쓸함은,
이러한 나라에 내가 태어났다는 사실이다.
이 나라에서 자라고, 벗을 만들고,
아침은 된장국에 머위,
저녁은, 죽순 산초무침이 차려진
칠 벗겨진 밥상 앞에 앉는 것이다.
그리고, 머지않아 늙어서, 선조로부터 받은 이 적요를,
아이들에게 넘기고,
붓순나무30 이파리 그늘에, 누우러 가는 것.

그리고 내가 죽은 뒤, 5년, 10년, 100년,

영원의 끝의 끝까지도 쓸쓸함이 이어져,

땅의 바닥, 바다의 둘레, 열도의 끝으로부터는 떠나서,

열 겹 스무 겹 운무가 자욱하여,

순식간에, 여우비, 순식간에, 개어,

변하기 쉬운 순간의 구름 흩어짐에,

언제나 싱싱한 산이나 물의 상심傷心을 생각할 때,

나는, 망연茫然해진다. 내 힘은 시들어 늘어진다.

나는 그 쓸쓸함을, 결코, 이 나라의 낡아빠진 풍물 속에서부터
건져낸 것은 아니다.

양복을 입고, 궐련을 피우며, 서양의 사상을 입에 올리는 사람
들 속에서도 똑같이 꼭 닮은 것처럼 바라보는 것이다.

회합의 자리든 다방이든, 벗과 이야기하는 때든 단발머리 어린
계집과 춤추면서든,

저 쓸쓸함이 사람들의 몸으로부터 습기처럼 크게 배어나와, 사
람들의 뒤에 그림자를 끌며,

삭, 삭, 삭삭 소리를 내며, 주변에 퍼지고, 주변을 메우고, 영원
에서 영원으로, 내달리는 것을 들었다.

3

일찍이 저 쓸쓸함을 경멸하고, 까닭없이 싫어하면서도 나는,
내 몸의 일부로서 몰래 집착하고 있었다.

이타코부시[31]를. 쓸쓸하게 흘러가는 물의 장단을.

기루 안쪽의 메밀국숫집 등롱과, 싯포쿠[32]의 뜨거운 김을.

돌아다니며, 지방순회 공연을 하는 교겐[33] 무리를 닮은, 치켜올
라간 눈매.

만인이 돌아오는 차즈케[34]의 맛, 풍류. 신을 믿는 마음.

어느 집에나 있는 똥통 냄새를 풍기는 사람들이, 내 주변을 오
가고 있다.

그 사람들에게, 어차피 나도 그중 한 사람이겠지만.

내가 앉은 맞은편 의자에서, 커피를 앞에 두고,

내가 읽고 있는 것과 꼭 같은 석간을 그 사람들도 읽는다.

소학교에서는, 같은 글자를 배웠다. 우리는 서로 일본이었기 때문에,

일본인인 것보다 행복한 일은 없다고 가르침을 받았다.

(그것은 그런대로 훌륭한 일이다. 하지만, 나는 좀 너무 정직하다.)

우리들 위에는 꼭 같이, 만세일계萬世─系[35]의 천황이 있습니다.

아아, 뭐부터 뭐까지, 짜증날 만큼 자질구레하게, 우리는 서로 닮아 있는 것일까.

피부색에서, 눈매에서, 인정에서, 결벽에서,

우리의 목숨이 서로 우리의 것이 아닌 공무空無에서도, 얼마나 커다란 쓸쓸함이 쏟아져나와, 하늘까지 펄펄 나부끼고 있는 것일까.

4

마침내 이 쓸쓸한 정신의 출생지들이, 전쟁을 가져왔다.

그대들 탓이 아니다. 내 탓도 물론 아니다. 모두 쓸쓸함이 저지른 짓이다.

쓸쓸함이 총을 메게 하고, 쓸쓸함의 꾀어냄에 걸려, 깃발이 나부끼는 쪽으로,
엄마나 아내를 팽개치면서까지 출발했던 것이다.
금속 장식품 세공업자도, 세탁업자도, 데시로[36]도, 학생도,
바람에 흔들리는 민초가 되어.

누구든 그든, 구별은 없다. 죽으면 된다고 가르침을 받은 것이다.
애송이에, 소심하고, 사람 좋은 사람들은, '천황'이라는 이름에,
눈앞이 어두워져, 개구쟁이처럼 기뻐 떠들며 나갔다.

하지만, 총 뒤에서는 벌벌 떠는 이였고
내일의 흰 화살깃 화살[37]을 두려워하며,
회의懷疑와 불안을 억지로 물리치고,

어차피 죽을 목숨, 적어도 오늘 하루를,

남이 사주는 술에 취해 보내려고 한다.

에고이즘과, 애정의 얕음.

묵묵히 참으며, 거지처럼,

줄줄이 배급을 기다리는 여자들.

날이면 날마다 슬퍼져가는 사람들의 표정에서

나라를 기울게 했던 민족의 운명에서 오는

이렇게 절박한, 깊은 쓸쓸함을 나는 아직, 태어나서 본 적이 없

었던 것이다.

그러나, 이제 아무래도 좋다. 나에게, 그런 쓸쓸함 따위, 이제는

아무것도 없다.

나, 내가 지금, 정말로 쓸쓸해하고 있는 쓸쓸함은,

이 영락의 방향과는 반대로,

홀로 버티디고 멈추어, 쓸쓸함의 근원을 힘껏 밝혀내려,[38] 세계

와 함께 걷고 있는 단 한 명의 의욕도 내 주변에 느껴지지 않는,

그것이다. 그것뿐이다.

쇼와 20. 5. 5 단옷날

_ 시집 『낙하산』

다 베끼고 나니 피로가 확 몰려올 만큼 길고 긴 시. 굽이치고 넘실거리는 대하처럼 박력 있는 이 장시는, 그러나 조금의 느슨함도 없이, 읽는 이를 태우고 큰 바다로 흘러드는 것 같은 감명을 선사해줍니다.

날짜도 쇼와 20년(1945) 5월 5일이라 분명히 적혀 있는데, 3개월 뒤에는 패전합니다. 그 무렵 가네코 미쓰하루는 야마나시 현의 야마나카 호湖에 소개疏開되어, 산막처럼 작은 집에서 발표할 기약도 없이, 발견당하면 처형되는 상태에서 이들 시를 쓰고 있었습니다. 노트 같은 데 쓴 모양으로 한 행 한 행이 길어서 원고지에 옮기기가 무척 어려웠습니다만, 쓰고 있을 때의 숨결까지 전해져 왔습니다. 야마나카 호에서는 후지산이 잘 보여 후지산 시도 많이 쓴 탓도 있어, 강에서 일변하여 산이 됩니다만, 왠지 일본 시가詩歌 역사에 우뚝 솟은 후지산 같은 위치를 차지해버렸구나 싶은 생각도 듭니다.

패전 후 팡팡(미군을 상대하는 창녀)을 보고 노래한 시에,

(…)
팡팡은 곁에 있는 인간들을
먹어치울 듯이 하품한다.
이 하품만큼 깊은 구멍을

일본에서는, 본 적이 없다.

장황한 논의와,

전쟁범죄와 리버럴리즘까지,

이 하품 속에 처넣어도,

군성군성거린다. 아직 군성군성거린다.

_ 시집 『인간의 비극』

라는 게 있는데, '군성군성'[39]이라는 의성어에 마음속이 침범당하는 느낌으로 예전에 읽은 적이 있습니다만, 「쓸쓸함의 노래」는 어쩌면 일본의 시가 전부를 처넣어도 '군성군성거린다. 아직 군성군성거'리지는 않을까? 곤란한 일이지요, 무엇을 쓰더라도 이 속에 흡수되어버린다면.

요컨대 시가는 한 인간의 희로애락의 표출에 불과하다고 생각합니다만, 일본의 시가는 이제까지 '애哀'에서 많은 걸작을 낳아왔습니다. '희喜'나 '낙樂'에서도 볼만한 작품이 있습니다. 다만 '노怒' 부분이 매우 약하여, 외국의 시에 비하면, 그곳이 아무래도 일본 시가의 아킬레스건이 아닐까 하는 게 제 생각입니다.

제목이 「쓸쓸함의 노래」임에도 불구하고, 이 시 전체를 지탱

하고 있는 것은 분노에 가까운, 불같이 화를 내고 있는 감정이고, 그것이 두드러진 특징입니다. 가네코 미쓰하루의 시 작업 전체에도 해당되는 것으로, 말하자면 그이는 참으로 충실히 일본 시에 보강 작업을 하고 묵묵히 떠난, 신뢰할 수 있는 장인같은 데가 있습니다. 다양한 분노가 이 세계에 가득 차 있습니다만, 그것을 더욱 가열하고 단련하여 시로 결정화할 수 있는 이, 많은 사람의 노력에도 불구하고 지금도 그 수는 매우 적습니다. 유전적 체질인지도 모르겠습니다.

「쓸쓸함의 노래」에 드러나 있는 생활양식은 지금에 와서 보면 옛날식입니다. 밥상에서 밥을 먹는 모습도 보지 못하게 되었고, 죽순 산초 무침과 머위대 된장국 대신에 햄버거와 인스턴트 라면이 기세를 떨치고 있습니다. '요시와라 뗏목' '햐쿠메 철포' '기루腳' 등도 조사를 하고서야 무엇인지 알 정도가 되었습니다. 이런 식으로 격렬한 변화의 속도가 이어지면, 요새 쓰는 탁상용 전자계산기나 최신식 스테레오도 금세 낡아서 손자 대에는 골동품 취급을 받고 있겠지요.

그러한 낡음과는 별도로, "쓸쓸함만이 언제나 신선하다"는 비평적 안목의 확실함은 언제 흙속에서 발굴되어도 썩지 않는 황금 동전처럼, 그리 쉽게 풍화되지는 않겠지요. 일본의 풍경과 사는 모습에 숨어 있는 불안한 쓸쓸함을 듬뿍 떠내는 수완도 수완이거니와, 무엇보다 속이 후련한 것은 가짜 돈을 덥석 붙잡아버리는 일본인의 마음의 풍경—그 심장부를 정확하게 꿰뚫고 있는 점입니다.

'제2차 세계대전 때에 일본은 무엇이었던가, 왜 전쟁을 했을까' 아무리 책을 읽고 기록을 보아도 저는 그 이유를 잘 모르겠습니다. 머리로도 알지 못하고, 더더욱 가슴으로는 납득할 수가 없었습니다. 동양 여러 나라와의 전쟁은 침략이라는 게 분명합니다만, 미국과의 전쟁은 결국 무엇이었던가, 원자폭탄을 투하당한 피해국이기도 하고, 전체는 참으로 알 수 없게 이리저리 뒤얽혀 있습니다. 그런 영문을 알 수 없는 무언가를 위해, 우리 청춘 시절을 헛되이 날려버렸고 좋은 청년들이 많이 죽어버렸다는 걸 생각하면 화가 날 뿐입니다.

제 어린 시절에는 딸을 줄줄이 팔지 않으면 살아갈 수 없는 농촌 지역이 있었고, 남들이 무서워하는 군대를 천국처럼 편안하다고 생각할 만큼 가난한 계층이 있어, 비참한 빈곤의 쓸쓸함이 역류하여 혈로血路를 찾은 것이 전쟁이었던 것일까요. '빈곤의 쓸쓸함, 세계에서 일류국이라 인정받지 못한 쓸쓸함에 끝내 견뎌낼 수 없었던 마음들을, 한 줌밖에 되지 않는 지도자들이 솜씨 좋게 낚아 조직해서 내부에서 해결해야 할 것에서 우리 눈을 딴 데로 돌려, 타국에서 발버둥 치다보면 언젠가 좋은 날이 올 거라고 필사적으로 날뛰었던 것'이라고 생각했을 때, 제가 겪었던 전쟁(열두 살에서 스무 살까지)의 의미가 간신히 납득되었습니다.

스물이 지날 무렵 읽고서 감동했고, 지금도 여전히 읽을 때마다 감동의 질이 깊어져, '젊은이가 읽었으면 하는 시'라는 앙케트에 올랐던 적도 있습니다.

가네코 미쓰하루가 이 시를 썼을 때, 쳐야 할 상대는 어디까지나 일본으로, 전후에 비로소 드러내놓고 읽은 사람들도 일본에 특유한 쓸쓸함, 쓸모없음으로 받아들였습니다. 그렇지만 세월이 흘러, 이런저런 것을 안 뒤 풍경도 마음도 일본 이상으로 쓸쓸한 나라가 많이 있음을 알게 되어, 쓸쓸함의 유혹에 넘어가 전쟁을 시작하는 광경도 제삼자로서 볼 수 있게 되었습니다. 그래서 지금은 「쓸쓸함의 노래」가 '인류의 쓸쓸함' 그 자체처럼 보입니다.

마지막 연은 "쓸쓸함의 근원을 힘껏 밝혀내려"는 힘이 어딘가에 있음을 믿고, 그것에 이어지려 하는 의욕을 지닌 이가 주변에 한 사람도 없는 게 가장 쓸쓸하다 여기고 있습니다. 그러한 힘과 의욕도 전후의 지구 이곳저곳에서 볼 수 있었습니다만, 그것들이 또 순식간에 세월 속에서 풍화되어가는 모습도 보곤 했습니다. 쓸쓸함의 근원을 잡으려 하는 일은 여전히 풀어야 할 숙제로 남아 있습니다.

쓸쓸함을 더 이상 견딜 수 없어서 친구에게 전화를 걸어 목소리를 듣고 싶어지거나, 여행길에 나서거나, 충동구매를 하거나, 그러한 일은 스스로에게 허락해줍니다만, 좀 더 소중한 일로 무언가를 결단하거나 출처진퇴를 명확히 해야만 할 때, '쓸쓸함에 낚인 건 아니겠지?' 하고 자신의 마음을 점검하는 일이 흔히 있습니다. 쓸쓸함의 유혹은 먼저 맛있는 먹이처럼 눈앞에 아른거리기 때문에, 무심결에 덥석 물어버리고 나중에 크게 후회. 자기현시욕에 넘어가 낚이는 일도 많고, 언제나 전쟁이라는 형태로 찾아오는 것도 아니므로 방심할 수 없습니다.

아무튼 영문도 모른 채, 미워하지도 않는 이웃나라 사람들과 서로를 죽여야 하는 처지에 이르기보다는 놈팡이 게으름뱅이 겁쟁이가 되더라도, 그 쪽이 훨씬 낫습니다. 드물게도 쓸쓸함에 낚인 적이 없는 남녀가 늘어난다면, 어느 나라에서든 가장 상대하기 어려운 적을 내부에 품고 있는 일이 되겠지요.

그렇게 되면, 정말로 바보 같은 '국가'라는 것도 해체되어버릴지도 모릅니다. 여권 없이 가고 싶은 곳으로 갈 수 있게.

가장 현실적인 분노가 담긴 시인데도 어째서일까요, 멀리 저 너머를 꿈꾸게 합니다.

사 랑

파 울　클 레[40]에 게

다니카와 슌타로

언제까지나

그렇게 언제까지나

이어져 있는 것이다 어디까지고

그렇게 어디까지고 이어져 있는 것이다

약한 것을 위해서

서로 사랑하면서도 끊어져 있는 것

혼자서 살아 있는 것을 위해

언제까지나

그렇게 언제까지나 끝나지 않는 노래가 필요한 것이다

하늘과 땅을 부정할 수 없어서

끊어져 있는 것을 원래의 관계로 돌리기 위해

한 사람의 마음을 사람들의 마음에

참호塹壕를 오래된 마을들에

하늘을 무지한 새들에게

옛이야기를 자그마한 아이들에게

꿀을 부지런한 벌들에게

세계를 이름 없는 것에게 돌려주기 위해

어디까지고

그렇게 어디까지고 이어져 있다

마치 스스로 끝내려 하고 있는 것처럼

마치 스스로 온전한 것이 되려 하는 것처럼

신의 설계도처럼 어디까지고

그렇게 언제까지나 완성하려 하고 있다

모든 것을 잇기 위해

끊어져 있는 것은 하나도 없도록

모든 것이 하나의 이름 아래 계속해서 살 수 있도록

나무가 나무꾼과

소녀가 피와

창窓이 연애와

노래가 또 하나의 노래와

다투는 일이 없도록

사는 데 불필요한 것은 하나도 없도록

그렇게 풍요롭게

그렇게 언제까지나 펼쳐지는 이마주가 있다

세계로 하여금 스스로를 흉내내게 만들려고

부드러운 눈길로 부르는 이마주가 있다

_ 시집 『사랑에 대하여』

제일 앞장에서 다루었던 「잔디」라는 시에,

……

해야 할 일은 모두
내 세포가 기억하고 있었다

……

라는 행이 있고, "도대체 무엇을 기억하고 있었습니까?" 하고
시인에게 촌스러운 질문은 하지 않더라도, 시집 안에 분명히
풀 열쇠가 숨어 있다고 썼습니다만, 그 열쇠가 이 시 「사랑」이
라고 저는 생각합니다.

'파울 클레에게'라는 부제는 이 시를 화가 파울 클레에게 바
치고 싶다는 의지를 분명하게 드러내고 있습니다. 클레의 그
림 무언가를 보고 문득 떠올라서 시가 완성되었기 때문이겠
습니다만, 그러나 시인은 여기에서 자기 자신에 대해서도 잘
말해버렸습니다. 시를 쓰는 이유, 그리고 각오 같은 것.

다니카와 슌타로는 열네 살 중학생 시절에 패전을 겪은 소개
疏開세대에 들어가고, 시를 쓰기 시작한 것은 열여덟 살 무렵
부터이지만, 「슬픔」이라는 시에서도 알 수 있듯 처음에는 매
우 자연발생적으로 태어난 그대로의 순진함을 시간이 지나면

서 점점 자각하게 된 듯합니다.

학교를 아주 싫어해서 고등학교만 졸업했을 뿐 대학에는 가지 않았습니다. 최근에는 대학 입시가 과열 양상을 보이고 있고, 한편에서는 또 대학을 거부하는 젊은이도 늘어나고 있습니다만, 갈 수 있는데도 가지 않은, 말하자면 '선구자' 같은 존재였습니다. 황폐한 세상 속에서, 모두 의욕도 기력도 없고 절망적인 시만 넘쳐나고 있을 때, 다니카와 슌타로는 그런 세상 속에서도 분명히 존재하는, 단 한 번뿐인 제 청춘을 마음껏 노래했습니다. 이제 와서 보면 아무것도 아닌 것처럼 보이지만, 당시에는 다들 깜짝 놀랐고 찬탄과 함께 비난도 많이 던졌습니다.

아무 생각 없이 계속 쓰는 가운데 무엇 때문에 태어났는지, 자신은 어떤 시를 써야 하는지를 파악해온 것처럼 보입니다. 이 세상에는 눈 뜨고 볼 수 없는 잔혹한 일이 아무렇지도 않게 자행되지만, 눈물이 어릴 만한 상냥함 또한 남몰래 피어 있기도 합니다. 잔인하게 관계를 끊어버리려는 강한 힘이 있는 반면, 이으려고 이으려고 움직이는 힘 또한 있는 것입니다. 아마도 예술이라는 것은 이 '이으려고 하는 힘'에 아름다운 형태를 부여하여, 눈에 보이고 귀에 들리게 하려는 정신활동의 한 종류인지도 모르겠습니다.

모차르트의 음악을 들을 때 온몸을 적셔주는, 이 세상 것이 아닌 듯한 황홀한 느낌, 백제관음의 미소에 끌려버리는 마음, 춤의 도약과 정지 그 일순에 혼을 빼앗기는 것도 '세계로 하여금 스스로를 흉내내게 만들려고 부드러운 눈길로 부르는 이마주'에 유혹되었기 때문이겠지요. 이미지를 프랑스어로는 이마주라고 읽습니다만, 그러한 것이 이 세상에 하나도 없었다면 얼마나 쓸쓸하고 무미건조한 나날일까요.

다니카와 슌타로는 파울 클레의 그림을 핑계 삼아, 자기도 또한 그러한 상냥함 쪽에만 가담하고 싶다고 말하고 있는 것처럼 보입니다. 최근에도 "나는 요정처럼 사람들 사이를 날아다니고 싶다"고 쓰고 있습니다. 여자아이라면 몰라도, 다 큰 남자가 요정이라니요.

하지만 다니카와 슌타로가 말했다면 그다지 위화감이 느껴지지 않는 것은, 말뿐이 아니라 이미 실행해버리고 있기 때문입니다. 어떠한 곳이라도 슬쩍 들어가서 영화의 대본, 작사, 그림, 마더 구스와 스누피의 번역, 자작시 낭독, 시인으로서 할 수 있는 일이라면 무엇이든 장르를 뛰어넘어 해치우고, 더구나 그것들의 질이 다 뛰어나니 놀랄 만한 일입니다. 마치 '잃어버리고 만 귀중한 것'을 차례차례 생각해내고 있는 것처럼. 이것도 '이으려고 이으려고 움직이고 있는' 데에 힘을 보태고 싶은 마음이 드러난 것으로, 힘들이지 않고 해치우고 있는 것처럼 보이지만, 모든 것은 전력투구이고, 육체노동자의 그 것과 꼭 같은 정도의 소모가 동반되는 부지런함입니다.

이때까지 흔히 있었던 시인의 이미지—속물을 경멸하고 고 고하게 세상에 끼어들지 않는, 꽈배기처럼 배배 꼬인 사람, 파멸로 치닫는 사람, 돈 빌리기 명수, 술고래—그것들을 멋지 게 뒤집어엎어버린 것도 그가 보여준 새로움의 하나입니다.

시인이 사람들에게 공급해야 하는 것은 감동이다. 감동을 주 는 데는 반드시 깊은 사상이나 명확한 세계관이나 날카로운 사회분석이 필요하지는 않다. 오히려 차라리, 그것들이 시인 을 불필요하게 잘난 체하게 만들어, 그 때문에 시의 감동을 잃게 하는 경우가 적지 않다. 시인은 감동에 의해서만 시를 낳고, 감동에 의해서 사람들을 이어주어 시인이 되는 것이다.

라고도 했으니 '어중간한 학문은 도리어 시를 불순하게 만들 어버린다'라고 말하고 싶은 모양입니다. 확실히 그러한 예가 너무나 많습니다. 끊임없이 제 감수성을 다 열고 세계와 상대 하려 하는 것은, 다니카와 슌타로가 자기가 쓴 이 문장에 책 임을 지려 하는 태도로 보이는 것입니다.

나무가 나무꾼과

소녀가 피와

창窓이 연애와

노래가 또 하나의 노래와

다투는 일이 없도록

이 이미지는 세계와 이어져 있어, 프랑스 소녀를 연상해도 좋고 나무꾼은 시베리아라도 좋고 창은 멕시코, 노래와 노래는 에사시오이와케[41]와 파두fado[42]······ 완전히 자유입니다. 일찍이 이렇게 전 세계를 향해서 열린 시는 쓰인 적이 없었습니다. 동방의 섬나라였기 때문에 세계의 물정에 대해서는 매우 어둡고, 일반 사람들은 당토唐土(중국), 천축天竺(인도), 남만南蠻(동남아시아) 정도밖에 몰랐고, 그것조차 어디에 있는 건지, 300년의 쇄국을 거쳐, 메이지 시대가 되고 나서도 위로부터 아래까지 마음속은 '오랑캐를 물리치자攘夷'했던 게 이 나라 풍속이었으니, 마치 태풍이 오려 할 때 커다란 재목을 비스듬한 십자형으로 판자를 박아서 고정시켜 지키려는 것처럼, 시야를 닫고 몇천 년을 살아왔습니다. 다니카와 슌타로는 신록의 계절에 모든 창을 활짝 열어 온 집안을 환기시키는 것처럼, 시의 세계에서 줄줄이 창을 열고 있었던 사람입니다.

하나하나의 별은 항성恒星으로서 단독으로 빛나고 있는 것에 불과하지만, 사람은 그것에 멋대로 선을 긋고, 궁수자리라든지 북쪽 왕관자리라든지 카시오페이아자리 따위 이름을 붙입니다. 시도 각자 제멋대로 쓰여 있지만 점으로 쓰여 있는 것에 선을 긋는 일도 가능합니다. 가네코 미쓰하루의 「쓸쓸함의 노래」를 더욱 발전시킨 것이 다니카와 슌타로의 「사랑」이라고 연결 지을 수도 있고, 실제 이 두 시는 쌍둥이자리처럼 닮아 있다고도 말할 수 있습니다. 시에 필요한 상상력의 너비가 발군이라는 점에서도.

4장
고개

소학교 의자

기시다 에리코

길고 긴 한평생 동안에

짧고 짧은 어느 순간에

누구나 한 번은

여기로 돌아온다

아무도 없는 교실

만지면 차가운 나무 의자에

평생 같은 노래를 계속해서 부르는 것은

기시다 에리코

평생 같은 노래를 계속해서 부르는 것은

소중한 일입니다 어려운 일입니다

저 계절이 찾아올 때마다

같은 노래밖에 부르지 않는 새처럼

_ 시집 『밝은 날의 노래』

고개.

땀을 흘리며 다 올라가서 뒤를 돌아보면, 지나온 길이 한눈에 보이고 이제부터 내려갈 길도 훤히 보이는 지점. 짐을 내리고 누구라도 잠시 모자를 벗고 얼굴을 훔치며 한숨 돌리는 곳. 나이로 치면 40대에서 50대에 해당될까요. 고개는 딱 하나가 아니라, 사람에 따라서는 서너 개를 넘어갑니다.

시를 쓰는 사람들도 고개에 다다를 무렵 뛰어난 작품을 남기는 경우가 많은 것은 조망眺望이 좋아서일까요, 오랜 세월 애써 갈고닦은 표현력이 드디어 제 것이라 말할 수 있는 전달력과 맛을 얻었기 때문일까요.

"평생 같은 노래를 계속해서 부르는 것은" 겨우 네 줄인데 몸에 스며듭니다.

변하지 않으면 진보가 아니라는 강박관념에 사로잡혀, 어째서인지 서두르는 게 요즘 세상입니다만, 짧은 일생에서 한 인간이 해낼 수 있는 일은, 그 주조음은 그렇게 변하는 것이 아닐지도 모릅니다. 오히려 그것을 간단히 놓아버리지 않는 쪽이,

소중한 일입니다 어려운 일입니다

그런 느낌이 듭니다.

기시다 에리코에게는 '자기만의 음표'가 확실히 있어, 끊임없이 독특한 음악이 울립니다. 책도 신문도 전혀 읽지 않는 사람입니다만, 지혜나무의 열매는 자연의 야산에서, 사람과의 교류에서 넉넉히 얻고 있어 서재파와는 인연이 없습니다. 아이를 둘 기르면서 문필로 살고 있지만 사내아이 친구의 아버지 되는 사람이 행상을 하고 있는 걸 따라가서, 길가에서 솜씨 좋게 '이카노스미토리 기[*]와 호키'[43]라는 청소도구를 함께 팔면서 떠돌고 있구나, 싶으면 스위스의 벽촌에서 파이를 먹고 있거나 합니다.

새 날 ⁷⁾

안자이 히토시

아들이 서툰 손놀림으로

새 면도칼을 쓰고 있다

처음으로 어른으로 변장하는 것이므로

무슨 의식이나 되는 것처럼 두 팔꿈치를 벌리고

집중하느라 곁눈질도 하지 않습니다

관자놀이에 작은 새의 혀만 한 피가

닦아도 닦아도 떨어져서

조금 놀랐습니다

그의 내부에서 무엇이 상처를 입은 걸까요

알몸의 등이 껍질이 벗겨진 나무줄기처럼

눈부시게 젖어 있습니다

아들에게는 들리지 않는 모양이지만

그 어린 줄기 부근에

작은 새들이 일제히 지저귀고 있습니다

그에게는 보이지 않는 모양이지만

거울 속에는 조수潮水가 넘실거리고 있습니다

＿ 시집 『기회機會의 시』

애벌레가 나비로 변신하는 것이 여자아이라면, 반들반들한 삶은 달걀이 그리마蚰蜒[44]로 변신하는 것이 사내아이일까요. 너무 지나친 말이었습니다.

수염 따위가 나서, 어엿한 사내가 되어, 서투르게 면도칼을 쓰고 있는 모습은 앳되고 싱싱해서 참 좋습니다. 여자아이가 아가씨로 변신할 때 아버지는 눈이 부셔서 어쩔 줄 몰라 하는 법입니다만, 이 시를 읽으면 사내아이의 경우도 꽤 눈부신 모양으로, 보지 않는 척하며 보고 있는 아버지의 시선, 겉으로 드러나지 않는 마음속 소리가 흘러넘치고 있습니다.

청년기 특유의 부드러운 목덜미, 팔죽지, 팽팽한 몸통, 서러 브레드[45] 같은 몸은 보고만 있어도 흐뭇하고, 정말로 그들의 팔다리 사이에서 작은 새들이 일제히 지저귀고 있는 것 같은 생각이 들 정도입니다. 세포의 격렬한 분열 활동, 신진대사.

거울 속에 넘실거리는 조수는 아버지 눈에만 투시되는 흐름으로, 아들의 젊음이 뿜어내는 광채, 그 광채가 반사되는 것을 다이내믹한 흑조黑潮[46] 같은 것으로 파악하고 있습니다. 시인이 이미 몸의 젊음을 잃어버렸기에 보고 들을 수 있는 것. "아들에게는 들리지 않는 모양이지만" "그에게는 보이지 않는 모양이지만" 살아 있어, 남아도는 젊음을 잔뜩 갖고 있는 당사자는 완전히 무관심, 오히려 거추장스러워하는 사치.

소녀 시절 "네가 옆에 오면, '사아 사아' 피가 흐르는 소리마저 들리는 거 같구나"라고 나이든 사람이 말하는 걸 듣고, 무슨 잠꼬대인가 하고 흘려들어버렸습니다만, 이제는 젊은 사람과 이야기를 하면, 새 펌프로 끊임없이 길어올린 새로운 피의 흐름, 막힘없이 온몸을 졸졸졸 돌고 있는 소리가 들리는 것 같습니다.

인생의 짓궂음, 누군가의 심술 같은 어긋남. 옛것과 새것의 교체는 이렇게 아무 일 없는 듯이 이루어져가는 것이겠지요. 어디가 이음매인지 알 수 없는 날실처럼.

생 명 은

생명은

자기 자신만으로는 완결할 수 없도록

만들어져 있는 것 같다

꽃도

암술과 수술만으로는

충분하지 않고

벌레와 바람이 찾아와서

암술과 수술을 맺어준다

생명은

그 속에 결여缺如를 품고

타자가 그것을 채워준다

세계는 아마도

타자의 총화總和

그러나

서로

결여를 채워준다고는

알지도 못하고

알려지지도 않고

모두 흩어져 있는 채

무관심하게 살아가는 사이

때로

불쾌하다고 생각하는 것마저도 허용되어 있는 사이

그렇게

세계가 느슨하게 구성되어 있는 것은

왜?

꽃이 피고 있다

아주 가까이

등에의 모습을 한 타자가

빛을 두르고 날아오고 있다

나도 언젠가

누군가를 위한 등에였겠지

당신도 언젠가

나를 위한 바람이었을지도 모른다

_ 시집 『기타이리소北入會』⁴⁷

이 세상은 실로 '관계투성이'임을 말하는 시로, '관계없어!'라는 태도와 정면으로 대립하고 있습니다.

'관계없어'라는 유행어가 만들어진 것은 벌써 20년 전이었던 듯한 느낌이 듭니다만, 처음에 들었을 때는 깜짝 놀랐습니다. 달갑지 않은 일은 몽땅 일도양단 이 유행어로 잘라버리고, 부모 자식 사이도, 세상의 일들도 알게 뭐냐는 태도가 유행했습니다. 너무나 가난한 정신이라 살풍경한 느낌을 받았지만, 지금도 여전히 살아남아서 이 말은 끊임없이 들려옵니다.

생명은
그 속에 결여欠如를 품고
타자가 그것을 채워준다

이 인식은 점잖고 정확하며, 경건한 기도 소리처럼 들리기도 합니다. 그리고 거꾸로 또 실로 풍요로운 정신의 존재 양태를 보여주기도 합니다.

뜰에 핀 커다란 부용꽃을 보고 있을 때, 이 시가 완성되었다고 시인은 쓰고 있습니다만, 시는 한 알의 모래를 보고서도 세계를 인식할 수 있다고 하는데, 요시노 히로시는 종종 그러한 방식으로 시를 쓰고 있습니다.

주변의 작고 사소한 것에서 출발하여 광대한 영역에 이르는 길. 꽃에는 암술과 수술이 있고, 벌레가 매개를 해줘야 겨우 결실을 맺을 수 있다는 사실은 누구나 알고 있습니다만, 그것이 인간의 남녀, 다른 민족 사이, 문화 현상도 꿰뚫어, 말하자면 생명의 '결여의 원리'라는 지점까지는 보통 발견하지 못하는 것이지요.

표현도 필요 없는 것은 모두 털어내어 방정식처럼 명석합니다. 그것도 차가움이 아니라, 속 깊은 따뜻함으로 일깨워주기 때문에 시를 읽는 기쁨, 마음이 풀어지는 기쁨도 한결 더합니다. 조물주는 멋지구나, 어찌 이리 잘 만들었을까…… 하는 감탄도 포함되어 있습니다만, 신이라든지 부처님이라든지 그런 이름을 부르지 않는 만큼, 사물의 모습이 더욱 투명하고 신선하게 다가옵니다.

아무리 애를 써도 혼자서는 절대로 살아갈 수 없다는 사실을 알아차리는 것은, 하지만 고갯길에 다다랐을 때가 아니면 안 되는 걸까요. 좀 더 젊을 때 이 시를 알았더라면, 예전의 불손함이나 사람을 신뢰하지 않는 오만함이 좀 더 겸허하게, 느긋하게, 귀엽게(?) 굴 수도 있지 않았을까 생각하기도 합니다. 이즈음 오다가다 만난 사람과 지인에게 받았던, 유형 무형의 멋진 것을 하나하나 헤아려보거나 하며.

하지만 요시노 히로시도 50대가 되어서 이 시를 썼으므로, 좀
더 일찍 알았으면 좋았겠다는 것도 무리한 이야기겠습니다.

그 날 밤

이시가키 린

여자 혼자

일하다 마흔에 가까워지니

나를 누워서 일어나지 못하게 만든

심한 병이 연인 같다

아무리 신음소리를 내도

마음 아파할 친한 사람도 여기에는 없다

삼등 병실 구석 침대에서

가난해서 친족에게도 어리광부리기 힘들었던

쓸쓸한 마음이 풀어져간다

내일은 척추 수술을 받는다

그때 나는 부드럽게, 병에게 말한다

죽어도 괜찮아

잠들지 못하는 밤의 괴로움도
앞으로 살아갈 그것에 비한다면
어떻게 크다고 말할까
아아 피곤하다
정말로 피곤하다

시트가
말없이 내민 하얀 손 안에서
아파, 아파, 하고 장난치고 있다
떠들썩한 밤은
마치 나 혼자만의 축제일이다

_ 시집『내 앞에 있는 냄비와 솥과 타오르는 불』

「그날 밤」을 읽었을 때, '아아 병문안 갔으면 좋았을걸' 사무치게 생각했습니다. 그 무렵 이시가키 린과 교제가 없었기 때문에 병이 든 것도 몰랐고, 이 시를 썼을 때는 이미 회복되어 있었을 터입니다만…….

가난해서 친족에게도 어리광부리기 힘들었던
쓸쓸한 마음이 풀어져간다

이 대목이 확 다가와서 가슴이 아팠습니다. 빈둥빈둥 나이만 먹어 몸만 커버린 나에게도 틀림없이 들어온 무언가가 있어, 그때까지도 많이 읽어온 셈인데도, 이것이 이시가키 린의 시와 최초로 만난 순간이었습니다.

시와의 만남도 기묘한 것이라, 시인은 잘 알고 있는데도 그 시와는 전혀 만날 수 없는 경우도 있고, 모두가 명작이라 하는데도 아무런 느낌도 없는 경우도 있어, 역시 시와의 만남도 인연이라 할 수밖에 없고, 고금동서의 명저를 전부 읽을 수 없고 1억이 넘는 일본인 전부와 대화할 수 없는 것처럼, 특정한 인연에 따라 애독서가 되거나 벗이 되거나 하는 것 같습니다.

자전적 문장에 따르면, 이시가키 린은 1934년(쇼와 9)에, 마루노우치에 있는 일본흥업은행日本興業銀行에 급사給仕로 입사,

기모노를 입고 그 위에 하카마[48]를 입고 통근했다고 하는데, 나이는 열다섯이었습니다. 그 무렵 저는 초등학생이었습니다만, 그러고 보니 여자 선생님은 모두 기모노에 하카마를 입고 조용조용히 걸었습니다. 패션의 추이로 따져도, 돌아보니 새삼 꽤 옛일이구나 싶습니다.

일하기 시작했을 무렵에는 가계를 위해서가 아니라, 일한 돈으로 누구의 간섭도 받지 않고 책을 사거나 시와 문장을 쓰고 싶어서였습니다만, 전쟁을 거치고 시간이 흐르면서 이시가키 린은 집안 경제를 책임지는 가장 역할을 떠맡게 되어, 부득이 정년이 될 때까지 같은 은행해서 죽 일했습니다.

아아 피곤하다
정말로 피곤하다

실로 솔직하게, 평소에 말하듯 툭 던져져 있어, 도리어 깜짝 놀랍니다. 일종의 허세 탓이라 해야 할지, 시 속에 '아아 피곤하다 정말로 피곤하다' 같은 말이 나오는 일은 매우 드물어, 파격이라 할 만큼 대담한 사용법입니다.

여자 혼자서 '일하다 마흔에 가까워지니', 그 피로함의 정도는 남성의 그것보다 훨씬 크지 않을까요. 체력의 차이라기보다 사회적인 압력 때문에. 여자가 독신으로 계속 일한다는, 아무것도 아닌 당연한 일에 대해 덮쳐오는 다양한 압력과 괴롭힘은 음습하고, 극히 일본적입니다. 그 속에서 성격이 뒤틀리고 배배 꼬이지 않으면서 밝게 살아가려 하면, 그것은 그것대로 엄청난 에너지를 요구하여, 피로의 질도 단지 일에서 오는 피로하고는 다를 것, 이라고 읽히는 면이 있습니다.

이시가키 린에게 시는 다른 누구도 아닌, 자기 자신의 밸런스, 키를 잡기 위한 행위로, 그 필사적인 작업이 독자에게도 '뱃바닥 한 장, 아래는 지옥'인 생의 심연을 엿보게 해줍니다. 어딘지 모르게 감도는 유머와 어렴풋한 밝음에도 특징이 있습니다만, 수술 전야의 긴장과 엄습해오는 통증조차, 누워서 일어나지 못하게 만드는 병이 내 연인 같다, 병에 걸려 처음으로 쉰나 혼자만의 축제일, 이라 말할 만큼 거리를 두고 자기를 볼 수 있는 지점에서 그 밸런스가 생겨나옵니다. 초등학생 무렵부터 꾸준히 시작했던 시작詩作이, 거의 40대에 이르러 일시에 꽃을 피우는 모습은 넋을 잃을 만큼 매혹적입니다.

산 다 는 것

이시가키 린

먹지 않고는 살아갈 수 없다

밥을

야채를

고기를

공기를

빛을

물을

부모를

형제를

스승을

돈도 마음도

먹지 않고는 살아올 수 없었다

불룩해진 배를 어루만지며

입을 닦으면

부엌에 이리저리 흩어져 있는

당근의 꼬리

새의 뼈

아버지의 창자

마흔의 저녁 무렵

내 눈에 처음으로 넘쳐흐르는 짐승의 눈물

_ 시집 『문패 따위』

이런저런 불경에는 무엇이 적혀 있는지 잘 모르고, 경전의 수도 현기증이 날 만큼 많은 모양입니다만, 내용을 극한까지 응축하면 「산다는 것」이라는 시에 가까운, '죄 많은 자들이여, 그 죄를 깨닫고 살아라' 하는 게 아닐까요. 이시가키 린만큼 솜씨 좋게 한칼에 말할 수 없었기 때문에 그렇게도 많은 경전에서, 모든 수단을 동원하여 말하고 또 말해도 뭔가 부족한 게 아닐까요. 그렇게 생각하면 부처님은 화를 내실까요. 불사佛事에서 끝도 없이 이어지는 독경에 질려, 이제나저제나 하면서 생각했던 적이 있습니다.

한 시간의 독경보다 제게는 이시가키 린의 이 짧은 한 편이 고맙습니다. 독경의 비유가 나와버린 것도, 불교의 가장 깊은 부분과 서로 통하는 데가 있어서가 아닐까 생각합니다.

무시무시한 생의 실태, 보지 않고 지나갈 수 있다면 보고 싶지 않은 것, 오로지 덮어서 감추려 하며 여기까지 온 것이 문명이라면, 그것을 벗겨내 두 발 달린 짐승, 가장 잔혹한 짐승에 불과한 추악함을 똑똑히 바라보려 하는 이 욕구는, 무엇이라 이름 붙이면 좋을까. 바둑알을 딱 소리를 내며 놓는 것처럼, '당근의 꼬리' '새의 뼈'로 포석이 이어지고 '아버지의 창자'에 이르러 깜짝 놀라, 읽는 쪽도 진퇴유곡에 빠집니다.

부모에게 얹혀살고 있을 때는 자기를 잊고 꿈속에 있는 것처럼 아무것도 모릅니다만, 순서가 바뀌어 자기가 자식을 건사할 차례가 되고서야, 깜짝 놀라며 겨우 옛일을 떠올리게 되는, 사슬처럼 이어져가는 생의 되풀이에서 오는 깊은 슬픔이 '마흔의 저녁 무렵'이라는 말에서 비통하게 육박해오고,

내 눈에 처음으로 넘쳐흐르는 짐승의 눈물

시인의 눈물은, 읽는 이의 눈물로 이어져 탁월한 정화작용(카타르시스)을 완수합니다.

인생 체험이라 부를 만한 것을 갖고 있지 않은 젊은이라도, 조금 민감한 사람이라면 제 기쁨이 종종 타인의 슬픔 위에 서 있다는 사실을 눈치챌 수밖에 없을 것입니다. 합격의 기쁨이 불합격자의 슬픔 위에, 연애의 기쁨이 누군가의 실연의 아픔 위에 서 있거나 한다는 사실을.

그것을 생각하여 위축되어서 꼼짝도 못한다면 그것 또한 꼴사나운 일이고, 나 또한 언젠가는 누군가에게 잡아먹힐 존재라 생각하며 있는 힘껏 사는 수밖에 없습니다.

평소에 흔히 듣는 '먹느냐 먹히느냐' '뭘로 먹고 있냐' '먹을 수가 없어' 같은 말법은, 너무 질이 낮아서 좋아하지 않고 쓰고 싶지도 않습니다. 완전히 관용구가 되어서 내용은 어디론

가 날아가버렸기 때문일 것입니다. 하지만 이 시에서 사용되는 '먹다'의 변주는 격렬한 아름다움을 담고 있어 놀랍습니다. 아마도 빼거나 더할 수 없는 방식으로 사용하고 있기 때문이고, 손에 전해지는 이 묵직함은 반생에 걸친 시인의 고투苦鬪를 끌어안기에 충분한 것입니다.

진정으로 교육이라는 이름에 걸맞은 것이 있다면, 그것은 자기가 자기를 교육할 수 있을 때가 아닐까요. 교육이란 누군가가 자상하게 가르쳐주는 것이라 생각해서, 우리는 아주 수동적입니다. 하지만 더 능동적인 것, 제 안에 가장 엄한 한 명의 교사를 기를 수 있을 때 교육은 이루어진다, 그런 생각이 듭니다. 학교는 그를 위한, 아주 작은 안내 역할을 맡은 곳. 고등소학교高等小學校[49]를 졸업했을 뿐인 이시가키 린은 학력에 관해서 줄곧 열등감을 품고 있었다고 몇 번이나 쓰고 있으니, 어쩌면 스스로 눈치채지 못했을지도 모릅니다만, 자기가 자기를 엄하게 교육하는 일이 가능했던 드문 사람으로 보입니다.

언어의 명인이 될 수 있었던 것도 이상할 게 없는데, 그건 그렇다 하더라도 언어를 얻는 길 또한 어려운 일이구나 싶습니다.

「산다는 것」이 생물이 지닌 한심함, 비참함을 주제로 삼고 있는데도, 다 읽은 뒤 일종의 상쾌함에 흠뻑 빠지는 것은 어째서일까. 아마도 이 시 안에 정화장치가 설치되어 있어, 읽는 이가 여기를 통과할 때 정화되어 생각지도 못한 방향으로 보내지기 때문이라 생각합니다.

정화작용을 주느냐 주지 않느냐, 그것이 바로 예술이냐 아니냐로 갈라지는 지점입니다. 그러므로 음악이든 미술이든 연극이든 제가 결정하는 방법은 그것밖에 없습니다.

이 책에서 다룬 작품은 모두 각각의 방식으로 정화장치를 숨기고 있으면서, 슬퍼질 만큼 쾌감을 주는 것들뿐입니다.

제국의 천녀

나가세 기요코

제국의 천녀는 어부나 사냥꾼을 남편으로 삼아

언제나 잊지 못하고 생각하고 있다

한없는 하늘을 날아오를 날을

인세人世를 사는 슬픈 작업

쉴 틈 없는 아침저녁에

내 잊을 수 없는 기쁨을 남들은 모른다

우물물을 길으면 그 속에

하늘의 빛이 방울져 떨어진다

꽃이 피면 꽃 속에

그날의 하늘 옷이 살랑거린다

비와 바람이 속삭이는 동경憧憬

내 아이에게 노래 불러주면 암기하며
무슨 뜻일까 생각하겠지

기껏해야 미지근한 봄 물결 사이에
어느 날은 물속에 잠겨 탄식하면
눈물은 매운 바닷물에 섞이고
하늘은 저 멀리 금빛으로 빛난다

아아 먼 산들을 지나가는 구름에
내 분신이 타고 가는 모습
자 저기 저 수증기 녹색 쪽으로
어느 날인가 가는 날도 있다면
얼마나 탄식할까 우리 사람들은

인연은 땅에 동경은 하늘에

아름다운 수목으로 가득한 물가나 골짜기에서

언젠가 세월 가는 대로

겨울이 가고 봄이 와서 제국의 천녀도 늙는다

_ 시집 『제국의 천녀』

천녀전설天女傳說[50]은 잔뜩 있지만, 천남天男전설은 들은 적이 없습니다. 생각건대 만드는 이, 전하는 이가 모두 남성이었기 때문이겠지요. 여성에게 오랫동안 인종忍從의 생활을 강요해 온 죄의식에서 온 것인지, 아니면 실제로 여성 안에 무언가 성스러운 것을 감지하여 반영된 것일까요.

또한 옛날 옛적에도 아내가 증발한 일이 있었고, 남겨진 남편은 제 마음을 진정시키고 아이들도 납득시키기 위해 "엄마는 하늘나라 사람天人이었단다. 날개옷羽衣을 찾아 하늘로 돌아가 버린 거란다"라고 들려주었다는 설도 있습니다.

나가세 기요코의 「제국의 천녀」는, 여성이 천녀전설을 요리한 데 특색이 있고, 여성이 여성을 천녀라 부르는 것이므로, 자칫하면 자기도취에 빠지기 십상인데, 가까스로 멈추어 서서 오히려 달콤하고 아름다운 시세계를 만들어냈습니다.

1940년(쇼와 15)에 출판된 『제국의 천녀』라는 시집에 실려 있어, 이제까지 다룬 시와 비교하면 표현이 조금 고풍스럽게 보이는 데도 있습니다만, 도리어 그것이 우아한 날개옷이 나부끼는 것처럼 느긋하고 여유 있는 효과를 내고 있습니다.

이 시를 읽고 나서 결혼한 여성들을 보는 제 눈은 확 바뀌었습니다. 어떻게 보아도 하늘에서 떨어진 천녀라고는 생각할 수 없는, 매우 무서운 여성도 있기는 합니다만, 대개는 어딘가 한 곳, 이 시에 표현되어 있는 갸륵함, 애처로움을 간직하고 있음을 알아차리게 된 것입니다.

"결혼이라는 함정에 빠져 아등바등 대고 있는 것은 이쪽이야" 하고 큰소리칠 남성도 있겠습니다만, 그런 남성조차 자기 엄마나 할머니, 좋아했던 누이 등 이리저리 생각해보면 "아아, 그녀도 제국의 천녀 중 한 명이었다"라고 수긍할 사람을 찾아낼 수 있지 않을까요.

집에 얽매여 옴짝달싹하지 못했던 과거의 여성들뿐만 아니라 오늘날 젊은 아내들에게서도,

언제나 잊지 못하고 생각하고 있다
한없는 하늘을 날아오를 날을

이라는 탄식이나 한숨을 쉬이 들을 수 있습니다.
정말 날개옷은 어디에 감추어져 있는 걸까요.

인연은 땅에 동경은 하늘에

가정을 영위하는 한, 사랑하는 이를 가져버린 한, 어쩔 수 없이 계속되는 여자 삶의 모순인지도 모르겠습니다.

나가세 기요코는 1906년(메이지 39)에 태어나 벌써 50년이나 시를 계속 쓰고 있습니다. 2남3녀의 엄마이고, 몸이 약했던 남편을 도와 전후에는 농사도 지었고 현재는 오카야마 가정재판소 조정위원 등의 일을 하는, 주부·시인·밥벌이 세 가지 일을 해온 사람입니다.

"많은 여성이 하고 있는 일을 시인이라는 미명 아래 하지 않고 지나갈 수 있는 도리는 없고, 그것을 제쳐두고 여성 시인이 존재하는 것은 아닙니다"라고 말하고 있습니다만, 바로 이렇게 건실하게 생각하는 게 가능한 사람이기 때문에, 한 번 읽으면 잊을 수 없는 명품을 남긴 것입니다.

여행을 하면, 낯선 산골짜기나 물가에서 몇 명의 제국의 천녀를 만날 수 있습니다. 제 경우에는 효고현 이즈시에서 묵었던 여관의 안주인이거나, 신지코 부근에서 길을 가르쳐준 할머니이거나 합니다.

이 시를 훌륭하게 만드는 것은 아마도 '제국諸國(여러 고장)'이라는 말이겠지요. 유명한 천녀전설이 아니라, 흔히 있는 여자들에게서 그것을 보고, 독자의 시선도 상냥하게 유혹하고 있는 지점. 생각해보면 그들은 모두 일본 여자의 얼굴이고, 외국 여성은 떠오르지 않으니, 순수한 일본 시로구나, 새삼 납득하게 됩니다.

시인이 이 시를 발표했을 무렵에는 "아름다운 수목으로 가득한 물가나 골짜기"가 넉넉히 존재했겠습니다만, 이제는 점점 잃어버려 현재 제국의 천녀들이 사는 배경이 연극의 무대배경처럼 보이게 된 것은 쓸쓸한 일입니다.

옛 친구가 새로 대신大臣이 되었다는 소식을 읽으면서

가와카미 하지메

나는 감옥 안에서

변기에 걸터앉아

보리밥을 먹는다

별로 남을 부러워하지도 않고

또 나를 한탄하지도 않으며

물론 여기에서는

하루라도 빨리 나가고 싶지만.

그러나 내 생애는

바깥에 있는 옛 친구 누구하고도

바꾸고 싶다고는 생각지 않는다

_『가와카미 하지메 시집』

가와카미 하지메(1879~1946)는 경제학자였지만, 명문가로도 알려져 있습니다. 교토 대학 교수 자리에서 쫓겨나고, 전전戰前의 좌익 지하활동, 검거, 5년에 가까운 옥중 생활, 패전 이듬해 사망. 파란으로 가득한 그의 생애는 『가난 이야기』 『자서전』에 자세히 적혀 있고, 예전에는 학문을 좋아하는 젊은 이들에게 그 책들이 필독서였던 시대가 있었습니다. 권력에 굴하지 않고 오로지 학문을 추구하는 태도, 당연히 덮쳐온 비참한 생활을 견디며 마지막까지 인간다운 풍요로운 감성을 잃지 않는 그의 인품은 많은 사람을 끊임없이 매혹시키는 데가 있습니다.

시·단가短歌·한시도 썼고, 노트에 정리되어 있었던 것들을 모아 사후 『가와카미 하지메 시집』 1권으로 출판했습니다. "가와카미 하지메 시는 좋더군요, 정말 좋아합니다"라고 말하면, "가와카미 하지메? 경제학자 아닌가요? 시도 썼습니까?" 하고 깜짝 놀라는 사람들을 보며, 그렇게 알려지지 않았나 하고 이번에는 제 쪽에서 깜짝 놀랍니다.

60년 습작이라고 자칭하는 자유시는 1935년(쇼와 10) 옥중 생활 2년째쯤부터 시작되어 돌아갈 해까지 이어집니다. 나이가 들면 시정詩情이 마른다고 하는데 자기는 시가 자꾸자꾸 나와 곤란한 '시인이 아닌 나의 행복'이라 그는 말했는데, 옥중에서 읊은 것인데 어째서 이렇게 맑고 투명한지, 의아스러울 지경입니다.

노후무사 老後無事

가와카미 하지메

가령 힘은 없더라도

할 일 다 끝냈다는 마음의 편안함이여

남김없이 다 버린 몸

여전히 목숨이 있는 채로

배고프면 곧 먹고,

목이 마르면 곧 마시고,

피곤하면 곧 잔다

옛사람 이르길 무사無事가 귀인貴人이라

부러워하는 사람은 세상에 없으나,

나는 홀로 나를 부러워한다

_『가와카미 하지메 시집』

이 시는 출옥 후에 쓴 것입니다만, 학자로서의 활동도 불가능한 고독하고 쓸쓸한 나날에, 이러한 청징清澄하고 생기 있는 심경을 계속 간직할 수 있는 걸 보며 한숨이 나옵니다.

가와카미 하지메만큼 훌륭한 학자가 아니더라도, 어떠한 직업을 가지고 있든지 간에 "가령 힘은 없더라도/ 할 일 다 끝냈다는 마음의 편안함이여"의 언저리까지는 누구라도 가려는 마음만 있으면 갈 수 있는 게 아닐까. 이 언저리까지는 하여튼 살아보지 않으면 안 되는 건지도 모른다. 그러한 커다란 위로마저 받습니다. "옛사람 이르길 무사無事가 귀인貴人이라"는 멋진 구절입니다.

부러워하는 사람은 세상에 없으나,
나는 홀로 나를 부러워한다

이 얼마나 상쾌한 자기애自己愛입니까. 조금도 불쾌함이 느껴지지 않습니다.

『가와카미 하지메 시집』을 읽었을 때, 우리를 치고 들어오는 것은 조금도 거짓이 없고 천진난만하여 절로 미소 짓게 하는 그 성격입니다. 절로 미소 짓게 하는 한 사례. 시 한 편, 단가 한 편을 몇 번이고 고치고 같은 주제를 반복하는 데가 많이 있습니다만, 제 생각으로는 결과적으로 제일 처음 쓴 것이 가장 좋으니, 가와카미 하지메 박사에게는 실례되는 말씀이지만, 퇴고를 하면 할수록 결과가 나빠집니다. 선생 본인도 어느 게 좋은지 도무지 알 수 없게 되었다고 쓰고 있는 대목에서 웃음을 터뜨리고 말았습니다.

아마추어 같은 구석이 있는 반면, 뜻은 드높아서 보통 시인보다 훨씬 위에 있습니다. 한시의 교양이 깊은 사람이었기 때문에, "시는 지志다"라는, 중국 고대로부터의 시관詩觀이 뿌리 깊이 자리 잡고 있고, 그리고 또 그 삶의 방식도 타협을 배제하고 마르크스 경제학자로서의 신념을 관철했던 생애였던 점을 고려하면, 당연히 시도 일반적인 시인과는 다른 종류의 향기를 내뿜지 않겠습니까.

된 장

가와카미 하지메

간쓰네 가게에서 임시 배급하는

정월 된장을 받으러 갔더니

가게 여주인

장부의 이름과 내 얼굴을 비교하며

곁에 있는 바깥양반에게 무언가 소곤거리면서

"부인은 아직 집에 안 계신가봐요

힘드시겠어요"

라는 둥 인사치레를 하면서

뒤에 늘어선 손님들을 생각해서인지

깎아드릴게요 하는 말도 없이

그저 나에게 정량定量의 곱절을 주었다

남보다 훨씬 된장을 좋아하는 나

마음에 기쁘고 힘이 솟아

작은 통을 손에 들고 가게를 나서

길을 돌아서 꽃집에 들러

흰 국화 한 송이

30전錢 하는 걸 구매하여

등을 구부리고 잰걸음으로

금방이라도 흐려질 듯한 겨울 하늘이

요시다 대로大路를 흘러가며

어스름녘이 다가올 무렵

혼자서 사는 집으로 돌아왔다

돌아와보니 책상 가

화로에 얹은 토란

벌써 연하게 익어 있다

고향 우리 집 뒷문의 토란이라고

보내온 붉은 토란

크기는 하지만 빨리 익어서

가지고 돌아온 흰 된장에

약간의 사탕을 섞어

토란에 발라서 익혀 먹는다

흐물흐물해진 뜨거운 토란

모락모락 김이 올라

더할 나위 없는 맛

맛있다 맛있다 혼잣말을 하며

오늘 저녁을 마치면서

이 청빈淸貧의 몸을 돌아보며

내 잔생殘生이 이와 같이

은혜가 풍성함을 기뻐한다

저 혼자 기뻐한다

_ 『가와카미 하지메 시집』

1944년(쇼와 19) 설날에 지은 작품입니다.

겨울이 되면 「된장」이라는 시를 떠올리며, 이 시에서 말한 대로 토란을 구워보거나 합니다. 사탕도 된장도 분량은 내 마음대로, 유자를 잘게 썰어 뿌리거나 해서, 일품요리가 완성됩니다.

재료의 구입부터 요리 순서까지를 시에 적은 예는 드뭅니다만, 물건이 부족하여 모든 것이 배급이었던 탓에, 하나하나를 아주아주 소중히 다루고 있었고, 그것이 한 편의 시를 완성해내고 있습니다.

'간쓰네'라는 된장가게 여주인이 슬쩍 곱절의 된장을 주는 풍경도 그 당시 상황을 눈에 선하게 보여주고, 그 덕분에 이 가게 이름은 기억할 만한 것이 되었습니다. '얼굴'이 통하지 않으면, 기차표도 제대로 살 수 없는 그러한 시대였습니다만, 시인은 담보로 맡길 물건 하나 없는 정치범 처지의, 참담할 만큼 초라하고 가난한 삶이었는데도, 서민에게도 존경받고 사랑받는 무언가를 갖고 있었던 사람인 것 같습니다.

30전으로 산 흰 국화 한 송이.

'청복淸福'이라는 말, 그 내용을 이만큼 절절하게 일깨워주는 시도 없습니다.

5장
이별

환 상 의 꽃

이시가키 린

.

뜰에
올해의 국화가 피었다

어렸을 때,
계절은 눈앞에
하나밖에 전개되지 않았다

지금은 보이는
작년의 국화
재작년의 국화
10년 전의 국화

멀리서부터

환영의 꽃들이 나타나서

올해의 꽃을

데려가려 하는 게 보인다.

아아 이 국화도!

그리고 헤어진다

나 또한 무언가의 손에 끌려서

_ 시집 『표찰表札 따위』

국화뿐만 아니라 사람 또한 환영의 꽃일지 모릅니다. 개성 운운하며 무언가 혼자서만 특별한 것을 하고 있다 생각하고 있더라도, 아주 짧은 한때 피었다가 순식간에 선조 혼령들에게 끌려가는 존재일지도 모르는 것입니다.

환영의 꽃—같은 모습을 하고 있어도, 지금은 없는 꽃. 하나의 꽃에 차곡차곡 접혀 있는 과거, 몇 년도 더 전에 보았던 꽃도 겹쳐서 흐드러지게 어우러진 걸로 보이는. 꽃에도 사람의 얼굴에도 그러한 주름이 보이게 되었을 때, 제법 어른이 되었다고 말할 수 있겠지요.

평심하게 읽으면 환영의 꽃은 선조先祖 국화들로 생각할 수 있겠습니다만, 하늘의 섭리, 자연의 법칙까지 두루 감싸 안은, 커다랗고 아득한 것을 가리키고 있다고도 말할 수 있습니다.

그리고 헤어진다
나 또한 무언가의 손에 끌려서

무언가는 무엇일까? 무언가라고 말할 수밖에 없는, 무언가겠지요. 신앙심이 있는 사람이라면 죽음이 찾아올 때 손을 끌어주는 것이 천사이거나 아미타불이거나 하겠지만, 그렇지 않은 사람의 경우 극히 자연스레 떠오르는 것은 돌아가신 부모이거나 조부모이거나 하지 않을까요.

에세이집 『유머 쇄국鎖國』에는, 시인을 귀여워했던 할아버지에 대한 추억이 여기저기 나와 있습니다. 그중에서도 재미있는 것은, 이 사람이 손녀인 이시가키 린을 어릴 때부터 '괴짜'로 키우려 했던 흔적으로, 어쩌면 재빨리 손녀의 소질을 간파했던 건지도 모르겠습니다.

시를 쓰게 되고 나서, 너덧 명이서 환담하고 있을 때, 니시카와 준자부로[51]가 자기에게 "어딘지, 보통사람들과 다른 짓을 하는 게 좋아 보여요" "다른 짓을" 하고 되풀이해서, 보통사람들처럼 결혼도 하지 않고 나이를 먹은 괴짜임을 안 상태에서 말해주었는데, 문득 할아버지가 떠올라, 이 두 사람에게 모두 '메이지'[52]를 느꼈다고 쓰고 있습니다.

이시가키 린이 이 세상을 떠날 때 손을 끌어준 것은, 시인을 아끼고 친척 중에서 가장 그녀를 이해해준 사람이기도 했던, 이 할아버지일지도 모른다는 생각이 들기도 했습니다. 이시가키 린은 아주 작고 귀여운 여자애로 돌아가, 할아버지와 손을 잡고 타박타박 걸어갈지도 모릅니다. 어딘지는 모르겠습니다만, 하여튼 선조들이 떠났던 것과 같은 방향으로⋯⋯.

'완벽'이라는 말은 함부로 사용하고 싶지 않지만, 「환영의 꽃」은 완벽하다고밖에 말할 도리가 없습니다. 모자라는 것은 하나도 없고, 넘치는 것도 하나 없이, 국화를 보고 있던 시선에서 구르고 바뀌어 마지막 두 줄로 비약하는 호흡의 자연스러움. '그리고'라는 접속사가 이렇게 적절하게 쓰인 예도 그리 많지는 않고, 전체적으로 깊이가 있는 여운과 시에는 꼭 있었으면 하는 '가루미'[53]까지 갖추고 있습니다.

슬퍼하는 벗이여

나가세 기요코

슬퍼하는 벗이여

여성은 남성보다 먼저 죽어서는 안 된다

남성보다 하루라도 뒤에 남아, 좌절하는 그를 돌보고, 또 그것

을 가려주어야 한다

남성이 혼자 뒤에 남는다면 누가 십자가에서 내려서 매장할 것

인가

성경에 있는 대로 여성은 그때 필요하고, 그것이 여성의 커다란

임무이므로, 뒤에 남아 슬퍼하는 여성은, 여성의 진짜 일을 하

고 있는 것이다

그러므로 여성은 남성보다 약한 자라든지, 이성적이지 않다든

지, 세상을 모른다든지, 가지가지로 간주당하고 있지만, 여성

자신은 그것에 끌려들어갈 일은 없다

이런 것은 어느 시골의 노파라도 알고 있는 일이고, 여자대학

에서 가르치지 않을 뿐인 것이다

_ 단장집短章集 2 『흩어져내린 머리카락』

사랑하는 사람을 잃고 비탄에 빠진 친구를 위로하는 형태를 띠고 있습니다. 돌아간 것은 친구의 연인인지 남편인지 모릅니다만, 위로하고 격려하고 싶어하는 시인의 바람이 마음속 깊은 곳에서 북받쳐올라, 마침내 "이런 것은 어느 시골의 노파라도 알고 있는 일이고, 여자대학에서 가르치지 않을 뿐인 것이다"라는 실로 통쾌한 결론에 도달해버립니다.

아내보다 먼저 죽고 싶어하는 남성은 잔뜩 있고, 실제로 아내가 먼저 가버린 남자만큼 불쌍하고, 불안하게 보이는 존재도 없습니다. 나이를 먹으면 먹을수록 그러하여, 무언가를 몽땅 도둑맞은 것처럼 지쳐 보입니다.

여자가 살아남은 경우에는 왠지 볼품이 있는 것은 어째서일까, 이따금 생각하게 됩니다만, 「슬퍼하는 벗이여」를 읽고 나서, 좋은 형태를 부여받은 것 같아서 아주 속이 시원했습니다. 남성은 몇 살이 되어도, 개구쟁이 꼬마 시절과 다름없이, 제하고 싶은 것만 하고 정리할 줄 모르고 잔뜩 어지럽히면서 어떻게든 되겠지 하는 식으로 죽습니다. 그 꼴불견을 사람들의 시선에서 감추고, 깨끗한 마무리로 형태를 정돈하며, 물이 가득해서 들기 어려운 항아리를 안고 가는 듯한 슬픔을 견디는 것이 여자의 진짜 일이라고 말하고 있습니다. 성경 속의 여자들은, 갈릴리에서부터 예수를 따라와 그 처형을 지켜보고 향료와 향유로 장사지낸 막달라 마리아들을 가리키는 것이겠지요.

"그런 보조적인 일을 하는 게 여자의 역할이라고? 바보 같애, 남자의 좌절을 덮어주는 게 여자의 첫 번째 일이라니." 그런 씩씩한 반론이 많이 들려올 듯한 기분이 듭니다. 그렇게 생각한다면 그렇게 생각하라지요. 전혀 상관없습니다. 하지만 나가세 기요코의 시편을 읽으면, 그가 얼마나 여성의 해방을 바란 사람이었는지, 뒤틀리지 않은 구김살 없는 여성 본래의 모습을 얻으려고, 전전戰前부터 시를 쓰는 작업에서 얼마나 싸워온 사람이었는지 알 수 있습니다. 그리고 또 시인은, 사람들이 낮추잡아온 '여동생의 힘'—즉 여자의 힘에 정당한 평가를 부여하려는 바람이 있었고, 그것이 시편 도처에 넘치고 있습니다. 「제국의 천녀」도 그러했습니다.

다만 시는 평론과 달라 수미일관, 논리를 거듭 쌓아가는 것은 아니고, 가장 표현하고 싶은 것을 선명하게 남기기 위해 다른 것은 싹둑 크게 잘라버립니다. 밀로의 비너스는 우연히 양쪽 팔이 없습니다만, 그 없음이 도리어 사람의 감동을 부르고, 능동적인 상상력을 불러일으켜 대대로 걸작이라는 이름을 누려왔습니다. 시의 경우도 그러한 없음이나 큰 구멍이나 있어, 독자가 제 사색과 상상의 힘으로 참가하는 자리를 확보해야 하는 타입의 시도 있습니다.

「슬퍼하는 벗이여」도 결국 그러한 시로 보입니다. 앞서 다루었던 이시가키 린의 시가 완벽함에서 두드러졌던 것처럼, 나가세 기요코의 시는 없음을 간직하고 있는 것에서 두드러집니다. 어느 쪽이 좋고 나쁜 것이 아니라, 시의 질質과 기법의 차이라고 말할 수 있겠습니다.

현실에서 일어난 일이든, 영화나 소설이든 마지막 장면에는 여자 혼자 나와서 매듭을 짓고, 덮고, 설령 어떤 악인이라 하더라도 가엾게 여기고, 끌어안고, 나중에는 여성의 가슴속에서 계속 살아갈 수밖에 없다는 지점에서 끝납니다. 그렇지 않으면 제대로 막을 내릴 수 없다는 느낌이 듭니다.

혹독한 사별死別의 슬픔을 맛본 여성은 「슬퍼하는 벗이여」에서, 꼭 깊은 위로를 얻을 것이라 생각합니다. 물론 이때 남성에는 아버지나 남자 형제 등도 포함되겠지요.

여자는 여자 혼자서도 존재이유가 있어, 반듯하게 서 있을 수 있습니다만, 나가세 기요코가 표현한 것처럼 꽤 손해를 보는 역할이긴 하지만, 남자보다 뒤에 남아 슬픔을 품에 안고 가는 일도 분명 여자가 해야 할 일의 중요한 부분이라고 깨닫는 것입니다.

여자의 본질에 직접 닿는 데가 있고, 그 감촉을 남기기 위해 크게 잘라버린 부분이 있고, 그래서 너무나 독단적 사고라고 파악하는 사람이 있을지도 모르겠습니다. 시인은 다른 곳에서 독단을 두려워해서는 한 편의 시도 쓸 수 없다고 말하고 있습니다만, 저도 그렇게 생각합니다.

시의 재미는 독단의 재미인지도 모릅니다. 작디작은 독단이냐, 심각하고 거대한 독단이냐의 차이가 있을 뿐.

양의 노래

나카하라 주야

I. 기원 야스하라 요시히로에게

죽음의 때에는 내가 위를 향하기를!

이 작은 턱이, 작고도 작아지기를!

그래, 나는 내가 느낄 수 없었던 까닭에,

벌을 받고, 죽음이 왔다고 생각한다

아아, 그때 내가 위를 향하기를!

적어도 그때, 나도, 모든 것을 느끼는 자이기를!

_ 시집 『양의 노래』

죽는 순간의 포즈 따위, 엎드려 있든, 옆으로 향해 있든 상관 없다고 생각합니다만, 나카하라 주야는 무슨 일이 있어도 위를 향해서 죽고 싶다는 강한 원망을 드러내고 있습니다.

그래, 나는 내가 느낄 수 없었던 까닭에,
벌을 받고, 죽음이 왔다고 생각한다

제 사인死因을 미리 이러한 것이라고 파악하고 있다는 사실에, 일종의 두려움마저 느낍니다. 그 날카로운 직관의 힘에.
사람의 사인이 모두 이러한 것이라고는 생각지 않고, 말하자면 나카하라 주야의 사적인 기원에 불과한 여섯 줄의 시인데도, 왠지 부정할 수 없는 강렬함으로 육박해옵니다. 마치 죽음의 핵심을 쥐고 있는 것처럼.
사람이 이 세상에 태어난 것은 발랄하고 충분하게 이 세계를 맛보기 위함이 아닐까요. 천국과 지옥이 함께 있고, 괴기와 환상으로 가득한 이 땅에서.
갓난아기의 무심함—시각, 청각, 미각을 열어 모든 것을 느끼려 하는 몸짓에, 생물의 초원적初源的인 모습이 나오고 있는 것은 아닐까요.
성장함에 따라 흐려지고, 다른 이들이 흐려지게 만들어 치우친 시각으로밖에 보지 못하게 되어, 이 세상에 침을 뱉는 일밖에 할 수 없게 되어, 폐쇄적이고 오만하며 딱딱한 인간이 되었을 때 죽음이라는 벌이 떨어진다는 것.

벌을 받아 죽는 순간, 아름다운 것을 느끼고 받아들이는 능력을 닦지 않았던 일, 잘난 체, 게으름, 되돌릴 수 없는 실책이 확 눈앞에 펼쳐진다면……. 아아, 이렇게 되는 것이었나, 아뿔싸! 이 세계는 훌륭했다, 탄생의 신비도, 내게 주어진 임무도, 겨우 분명하게 보이는데, 이제 그 생각을 말로 전달할 수는 없다. 그러한 것일지도 모르는 제 죽음을, 상상력으로 미리 파악하여 보여준 시처럼 생각됩니다.

서른 살에 신경쇠약에 걸려 결핵성 뇌막염이 되어 떠나버린 그 생애도, 깊이는 알지 못하지만 남겨진 시편이나 많은 이가 쓴 회고담을 읽으면, 줄줄이 친구들과 절교하고 사람들에게 시비를 걸고 울부짖어 모두에게 경원당했던 모양으로, 애절하게 작렬하는 청춘의 소리가 울리고 있습니다.

「기원」이라는 제목 아래 이름이 적혀 있는 야스하라 요시히로는 평생의 벗이었지만, 주야의 친한 벗이 된 일로 그 마음고생은 엄청났던 듯 "어느새 (제) 문학 지향은 버리고 붓을 꺾었다"고 쓰고 있습니다.

주변 사람들도 불태워버리고야마는, 어디에도 얽매이지 않는

분방한 정신과 표현이 현대의 젊은이를 계속 매혹시키는 것
도 시대를 초월한 청춘의 공통점이 순수한 형태로 보존되어
있기 때문인지도 모릅니다. 나카하라 주야의 본질은 가냘프
고 상처받기 쉬워서, 마구 날뛰어야 겨우 서 있을 수 있을 정
도였을까요.

하나의 작품으로 보면, 꽤 삐걱삐걱대면서도, 곳곳에 돌출된
번뜩이는 시구에 감탄하게 되어 천재라는 느낌이 들 정도입
니다.

「기원」은 「양의 노래」 중 제 I 이고 제 IV 까지 이어집니다만, II,
III, IV는 좋지 않고 I 만이 뛰어납니다.

주야가 '느낄 수 없었던 까닭에'라고 말한 것은, 친구에게 심
술을 부리거나 욕을 퍼붓거나 남의 기분을 살피지 않거나, 그
러한 일에 대한 후회만은 아니었겠지요.

좀 더 다른 것,

이라고, 줄을 바꾸어 말하려다 벽에 부딪힙니다. 많은 언어를
모아서 말하려 해도 어느 것 하나 '느낄 수 없었던 까닭에' 보
다 더 가까이 다가갈 수 없음을 예감했기 때문입니다. 도망
치는 것은 아닙니다만, 산문으로 샅샅이 풀어내고 분해할 수

있는 것이라면, 그것은 시가 아닙니다. 산문으로 해석할 수 없는 것이야말로 시입니다.

이제까지 다루어온 작품도 모두 그러한 성격을 띤 것이었습니다만, 그중에서도 나카하라 주야의 시는 가장 말하기 어려운 것 중 하나입니다.

완전히 사적인 독백을 하자면 "내가 죽는 순간, 얼마간의 시간이 있다면, 당신의 「기원」이라는 시는 검증해보고 싶은 것 중 하나입니다. 그때 고개를 끄덕이게 될지 젓게 될지……" 그러한 사실을 동반한 물음으로서 자리잡고 있어, 예측할 수 없는 어떤 순간에 불쑥 협박하러 올 한 편이기도 합니다.

인간의 의식층을 100이라 치면, 사람은 대개 그 10퍼센트의 표면 의식에서 살고 있고, 나머지 90퍼센트는 개발되지 않은 채 죽는다는 설이 있는데 저도 그렇지 않을까 생각하고 있습니다만, 그 사실의 무서움, 아까움을 주야는 '감'으로 움켜쥐고 사람들에게 집어던지고 있는 듯한 구석도 있으니 말입니다.

알 람 브 라 궁 전 벽 의

기시다 에리코

알람브라 궁전 벽의

엉킨 덩굴풀처럼

나는 헤매는 것을 좋아한다

출구에서 들어가 입구를 찾는 일도

_ 시집 『밝은 날의 노래』

남스페인의 그라나다에 있는 알함브라 궁전을, 지역 사람들은 '알람브라 궁전'이라 부른다고 합니다. '알함브라 궁전의 추억'이라는 기타곡은 널리 알려져 있습니다만, 시인은 지역 사람들의 발음에 경의를 표하여, 널리 알려져 있는 알함브라 쪽을 버리고 있습니다.[54]

지금 세고비아가 연주하는 이 곡을 들으면서 쓰고 있는데, 섬세하고 조용하고 명상적인 곡에 몸을 맡기고 있자니, 아직 간적 없는 알람브라 궁전에 대해 이런저런 상상을 하게 됩니다.

나는 헤매는 것을 좋아한다

좋구나. 대개는 헤매는 것을 떨쳐내려고 무리하는데, '헤매는 것도 즐겁다'고 말하는 마음은 씩씩하고, 더구나 이 구절을 불러내기 위한 마쿠라코토바[55]처럼, 알람브라 궁전의 덩굴풀 모양이 눈앞에 뚜렷이 나타나는 것입니다.

13세기에 건축된 무어(이슬람)인 임금의 궁전은, 정연한 균형미로 고요하게 있는 것처럼 생각할 수 있습니다만, 관람객의 흐름대로 따라가지 않고 기시다 에리코는 언제나처럼 혼자 이곳저곳을 나갔다 들어갔다 헤매며, 미로 같은 궁전이라는 인상을 품은 기색이 있습니다.

출구에서 들어가 입구를 찾는 일도 (좋아한다)

이 구절을 읽었을 때, 어린 시절에 구경한 유령의 집을 문득
떠올렸습니다. 평범하게 입구로 들어갔으니까 유령 장치도 작
동되었겠지만, 만약 출구로 들어가 입구로 향했다면 어떻게
되었을까? 유령은 당황해서, 타이밍이 빗나가 조금도 움직일
수 없게 되지 않을까, 그런 생각을 했던 일을.
또한 '입구를 탄생, 출구를 죽음'이라 생각한다면, 시인은 죽
음으로부터 거꾸로 삶 쪽으로 나아가는—그러한 제 '심술꾸
러기' 짓을 재미있어하는 듯한 구석도 있습니다. 우리는 죽음
을 출구라고만 생각하지만 어쩌면 분명 어딘가로 들어가는
입구가 될지도 모르는 것입니다.
긴 투병생활을 극복했던 사람이기도 해서 죽음을 바라본 시
간도 길었으리라 생각합니다. 사람이 죽은 뒤에는 도대체 어
떻게 되는 걸까요. 유기물에서 무기물로 변할 뿐이라고 생각
하는 사람도 있고, 인간에게만 영혼이 있다고 생각하는 사람
도 있고, 생생유전生生流轉 또 무언가로 다시 태어난다고 생각
하는 사람도 있어 실로 각양각색입니다.

이제부터 앞으로 다양한 것이 과학적으로 해명되겠지만, 사후 세계에 대해서는 결국 알지 못한 채로 마지막까지 남겠지요. 아무리 민완 르포라이터라도 저 세상으로부터 르포를 보낼 수는 없습니다. 상상력을 발동시켜, 각자가 그저 길을 잃고 헤맬 뿐입니다.

하지만 어떻게 해도 오직 하나만은 알 수 없는 게 있다는 것은 생각해보면 정말 멋진 일이 아닐까요. 그런 점을 느끼고 생각하게 해주는 시입니다.

그러면
이쯤에서
이 작은 책도
안녕.

옮긴이의 말

1

이바라기 노리코라는 이름을 처음 접한 것은 시선집 『마음에 남는 일본의 시』[56]에서였다. 이바라기 노리코의 시 두 편이 실려 있었고, 그중 하나가 「내가 가장 예뻤을 때」였다.

내가 가장 예뻤을 때
거리거리는 와르르 무너져 가고
난데없는 구석에서
푸른 하늘 같은 게 보이곤 했다

내가 가장 예뻤을 때
주위 사람들이 숱하게 죽었다
공장에서 바다에서 이름도 없는 섬에서
나는 모양낼 말미를 분실하고 말았다

내가 가장 예뻤을 때
누구도 정다운 선물을 주지는 않았다
남자들은 거수경례밖에 알지 못했고
깨끗한 눈매만을 남기곤 죄다 떠나버렸다

내가 가장 예뻤을 때
내 머리는 빈털뱅이였고
내 마음은 고집불통이었고
손발만이 밤색으로 빛났다

내가 가장 예뻤을 때
우리 나라는 전쟁에 졌다
그런 엉터리가 어디 있어
블라우스 팔을 걷어붙이고 비굴한 거리를 활보했다

내가 가장 예뻤을 때
라디오에선 재즈가 넘쳤다
금연을 깨뜨렸을 때처럼 어쩔거리면서
나는 이국의 달콤한 음악에 탐닉했다

내가 가장 예뻤을 때
나는 최고로 불행했고
나는 최고로 어리둥절
나는 무한량 외로웠다

그래서 결심했다 되도록 오래 살기로
나이 먹고서 지독히 아름다운 그림을 그린
프랑스의 루오 영감님처럼
말이지[57]

시마오카 신은 편집자 주에서 이렇게 적었다.

전쟁이 터졌을 때, 비행기 폭격 등으로 많은 사람이 죽었다.
'거수경례'는 군대식 경례. 남자들은 모두 군인이 되어 죽음
의 전장으로 가버렸다. 그런 시대에 '가장 예쁜' 시절을 맞이
한 심정을 시인은 노래하고 있다.[58]

「내가 가장 예뻤을 때」는 다수의 일본 국어교과서와 시선집
에 실린, 그녀의 가장 유명한 시 가운데 하나인데, 시선집 『일
본의 명시』 감상 노트는 이렇다.

이바라기 노리코의 「내가 가장 예뻤을 때」는 전쟁과 공습, 그것에 이은 패전 뒤의 혼란 속에 청춘을 보냈던 한 여성이 자기 체험에 입각하여 평화에 대한 바람을 노래한 시다. '평화'라는 말은 한 마디도 나오지 않고, 심각하게 전쟁의 피해를 탄식하지도 않았지만, 그렇기에 더욱 강력하게 평화의 소중함과 평화에 대한 바람을 호소하고 있다. 이바라기 노리코는 전후戰後 여류시인의 한 사람으로, 그 시의 특징은, 우선 밝고 발랄하게 노래하는 가운데, 생활에 뿌리를 내린 현재적 주제를 솔직하게 드러낸다는 점에 있다. 사회적인 비평성도 지닌 현대적인 서정시인이다.[59]

2

이바라기 노리코는 1950년 가을, 스물네 살에 결혼했고 이 무렵부터 시를 쓰기 시작했다. 스승도 동료도 없이 혼자서 시를 썼고, 그것이 얼마간 불안하여 잡지 『시학詩學』의 투고란 (시학연구회詩學研究會)에 시 두 편을 투고했다. 그중 한 편이 채택되어 그 뒤로도 몇 차례 더 투고했다. 그 무렵 투고하고 있던 사람 중에는 다니카와 슌타로도 있었다.

1953년 봄, 그이는 가와사키 히로시가 보낸 한 통의 편지를 받았다. "함께 동인지를 하지 않으시겠습니까?" 열흘간의 고민 끝에 승낙했고, 두 사람은 동인지 『노櫂』 창간호를 그해 5월 15일에 냈다. 가와사키의 「무지개」와 이바라기의 「방언사전方言辭典」 두 편이 실린 6쪽 짜리였다.

2호부터는 다니카와 슌타로가 참여, 3호부터는 요시노 히로시 등이 참여, 4호부터는 미즈오 히로시가 참여하는 등 그 뒤의 제2차 전후파 시인을 다수 배출하게 되었다.[60]

다니카와 슌타로나 요시노 히로시 같은 이는 이 책에도 등장한다.

3

저자 약력에도 적어두었지만, 이바라기 노리코는 1976년부터 한국어를 배우기 시작해 한국 현대시를 일본에 소개했고, 1991년에 『한국현대시선韓國現代詩選』으로 요미우리 문학상(연구·번역 부문)을 수상했으며, 에세이집 『한글로의 여행』[61]을 쓰기도 했다.

소녀 시절부터 『조선민요선朝鮮民謠選』[62]을 되풀이 읽었고, 마음을 빼앗긴 불상은 모두 백제 계열이라는 걸 서른이 지날 무렵에 알게 되었다. 그리고 마치 보이지 않는 인연의 끈을 마침내 찾은 것처럼 50대에 한글을 배우기 시작했다. 거기에는 쉰에 남편과 사별하여, 어학에 몰두하면 슬픔을 잊을 수 있을 거라는 실제적인 동기도 있었거니와, 시인 김지하가 옥중에 있을 무렵, 지인에게서 "일본의 시인이 해야 할 일은 구출활동에 앞서, 우선 김지하의 시를 읽는 것, 좋든 나쁘든, 착실히 그의 시를 비평하는 것이 아니겠습니까?"라는 말에 정곡을 찔린 기억 같은 게 작용했다고 한다.[63] 그리고 결국 일본에 한국시를 소개하는 훌륭한 한국시 번역자가 되었다.

4

이바라기 노리코가 1999년에 간행한 『기대지 않고』는 『아사히신문』 칼럼에서 다뤄진 게 화제가 되어, 시집으로는 이례적으로 15만부 판매를 기록했다. 시집과 같은 제목의 시 「기대지 않고」는 '더 이상 어떠한 사상/종교/학문/권위에도 기대고 싶지 않고, 제 눈과 귀 두 다리로 서 있어도 불편한 거 하나 없고, 기댄다면 의자뿐'이라는 내용으로 일흔세 살에 발표한 시다.

이바라기 노리코는 1975년 마흔아홉 살에 남편을 여의고 31년간 혼자 살다가, 2006년 자택에서 뇌동맥류파열로 갑작스레 사망했다. 사망한 뒤 며칠 지나 집을 찾아온 친척이 발견했다. 그녀답게 미리 유서를 남겨두었다.

장례식이나 고별식은 일체 하지 않았으면 하는 게 제 뜻입니다. 이 집도 당분간 사람이 없을 터이니, 조위품은 꽃을 포함하여 일체 보내지 말아주시기를. 반송의 무례를 거듭할 뿐이라 생각하므로. "그 사람도 갔구나" 하고 잠깐, 그저 잠깐 생각해주시면 그것으로 충분합니다.

향년 80세.[64]

주

1 한국어판. 다니카와 슌타로, 『이십억 광년의 고독』(대산세계문학총서 81), 김응교 옮김, 문학과지성사, 2009.

2 10세기 중엽에 지어진 것으로 추정되는 이야기 『다케토리 모노가타리』의 주인공. 『다케토리 모노가타리』는, 대나무로 밥벌이를 하며 사는 노인이 대나무 안에서 얻어서 데려다 키운 미녀 가구야 공주가 귀공자 다섯 명의 구혼을 받지만, 어려운 문제를 내서 모두 물리치고 당대 황제의 부르심에도 응하지 않고는 결국 8월 15일 밤에 달나라로 돌아간다는 내용이다.

3 마쓰오 바쇼(1644-1694). 에도시대의 하이쿠 작가. 1689년 약 6개월 동안 동북 지방을 여행하고, 그 체험과 감상을 하이카이와 그에 따른 산문 해설로 엮어 쓴 『오쿠로 가는 작은 길』은 일본의 대표적인 고전 기행 작품으로 꼽힌다.

4 스가에 마스미(1754-1829). 에도시대 후기의 여행가, 박물학자.

5 야나기다 구니오(1875-1962). 일본 민속학의 개척자이자 관료. '일본인이란 무엇인가'에 대한 답을 찾아, 일본열도 각지와 당시 일본이 점령했던 여러 나라를 조사·여행했다.

6 오리구치 시노부(1887-1953). 야나기다 구니오의 제자로, 민속학의 기초를 쌓았고, 국문학자·국어학자·시인이기도 하다.

7 여기에 등장하는 2인칭 대명사 네 가지 '아나타' '안타' '오마에' '기미'

의 뉘앙스를 한국어로 살려 번역하기는 쉽지 않다. 일본에서도 지역
에 따라, 연령에 따라 뉘앙스가 달라져서 일률적으로 뭐라고 설명하
기 어렵지만 참고 삼아 적자면 다음과 같다.

'아나타'와 '안타'는 '당신'에 해당한다고 할 수 있고, '오마에'와 '기미'
는 '너'에 해당한다고 할 수 있다. 남녀 사이에 서로를 부를 경우 굳이
구분하자면, 여자는 '아나타'를 남자는 '안타'를 쓰는 경향이 있다.(반
대의 경우도 불가능하지는 않다.) '오마에'는 주로 남성이 쓰는 막된 말
씨이고, '기미'도 남자끼리 쓰는 말이지만 '오마에'보다 부드러운 느낌
이 있다.(여자가 '오마에'라는 말을 쓰면 드센 느낌이 강하게 든다.)

8 원시는 오사카 사투리로 쓰였지만, 표준어로 번역했다. 오사카는 간
   사이 지역의 중심 도시.

9 원시 제목이 '하즈키はづき(葉月)'다.

10 오사카 사투리는 일본에서 '남자다운/사나이다운' 느낌이 있는 듯
   하다.

11 '사치코'를 애칭으로 친근하게 부르는 말.

12 작자는 에도 시대의 선승 하쿠인 에카쿠(흔히 하쿠인 선사라 부름,
   1686-1769).

13 일본어는 기본적으로 띄어쓰기를 하지 않는데, 표기에 들어간 한자
   는 일종의 띄어쓰기 역할을 한다. 이 시에서 종루鐘樓와 대구對句가
   들어간 네 줄을 띄어쓰지 않은 한국어로 읽으면 비슷한 느낌을 맛볼
   수 있을 것 같다. '당신이종루의종이라면나는그종소리이고싶다당신
   이노래의한소절이라면나는대구이고싶다.'

14 Langston Hughes, 1902-1967. 미국의 흑인 시인·소설가.

15 원시를 일본어 발음으로 읽으면 이렇다. "구루 아사고토니/ 구루구
   루 시고토/ 구루마 하구루마/ 구루와바 구루에."

16 시가현 오즈마시 세타의 세카가와에 있는, 전장全長 260미터의 다리.

17 '아키타에 가에루(아키타에 돌아간다)'가 표준어.

18 한국으로 치면 옛지명은 지번, 새지명은 도로명 주소 같은 것이라 볼 수 있겠다.

19 소학교(현재의 초등학교에 해당)의 편제는 3년제의 심상과尋常科와 2, 3년제의 고등과高等科로 나뉘었다.

20 모발을 모아서 만든 그물.

21 요시와라는 에도시대 도쿄에 있었던 유곽 지대. 요시와라의 유녀遊女는 죽어서야 요시와라를 나갈 수 있었다고 하니, '요시와라 뗏목'은 '요시와라의 유녀가 죽어서 뗏목으로 옮겨진다'는 뜻으로 해석할 수 있겠다.

22 '햐쿠메 철포'는 구경 4 센티미터의 철포로, 서양의 대포는 구경이 13.5~15센티미터인 데 비해, 쇄국하고 있었던 일본제 대포는 구경이 4~6센티미터였다고 한다.

23 일본의 국학자國學者 모토오리 노리나가가 주장한, 헤이안 시대의 문학 이념·미적 이념. 대상객관對象客觀 '모노'와, 감동주관感動主觀 '아와레'가 일치하는 지점에서 생겨나는, 조화로운 우아·섬세한 정취情趣의 세계를 이념화한 것. 노리나가는 그 최고봉을 『겐지 이야기』라고 보았다.

24 예로부터 와카和歌의 소재가 된 명승지.

25 아키타현 남서부의 해안, 유리군 조카이산山 서북쪽 산기슭에 있었던 석호潟湖. 우타마쿠라의 하나.

26 '니오노 우미(논병아리의 바다)'는 '비와코(시가현에 있는 일본 최대의 호수)'를 달리 부르는 이름.

27 비와코 남서안 일대의 옛이름. 우타마쿠라의 하나.

28 일본의 칠공예로, 옻漆으로 그림을 그린 후 그 위에 금은 가루나 색 가루를 뿌려 그릇의 면에 모양을 나타내는 기법.

29 비단 등에 화려한 채색으로 꽃·새·산수·풍월 등의 무늬를 선명하게 염색하는 일.

30 일본에서 묘지에 흔히 심는 나무.

31 에도 시대의 유행가. 원래의 노래는 "이타코(이바라키현)의 데지마(육지와 연결된 섬)의 줄 안에 붓꽃이 피다니 가련하구나."

32 메밀·우동 재료에 송이버섯·표고버섯·어묵·야채 등을 사용한 요리.

33 노가쿠(일본 고유의 가면 가극) 막간에 상연하는 희극.

34 밥에 뜨거운 차를 부은 것. 차를 부은 밥.

35 영구하게 하나의 계통(혈통)이 이어지는 것.

36 대신하여 일을 하는 것, 또는 그런 사람. 대리.

37 예부터 내려온 일본의 풍습 혹은 전승에 따르면, 희생 제물을 찾는 신은 구하는 대상으로 삼은 소녀의 집 지붕에 '흰 화살깃이 달린 화살'을 표시로 세워두었다고 한다. 여기에서 온 '흰 화살깃 화살을 세운다'는 관용구는 '많은 이 중에서 희생자로 뽑히다'라는 의미로 쓰인다.

38 원문은 '寂しさの根元をがつきとつきとめようとして'. 위 번역은 '寂しさの根元を(쓸쓸함의 근원을) がつきと(힘껏) つきとめようとして(밝혀내려)'로 끊어 읽은 것이다. 달리 '寂しさの根元を(쓸쓸함의 근원을) がつきとつき(힘껏) とめようとして(막으려고)'로 끊어 읽을 수도 있겠다. 어느 쪽으로 읽든 'がつきと'나 'がつきとつき'라는 단어는 사전에서 찾지 못했다. 다만 'がつきと(갓키토)'나 'がつきとつき(갓키 돗키)'로 읽고, 의성어/의태어가 아닐까 추측하여 문맥상 '힘껏'으로 번역했다.

39 원문은 'がさがさ'. 일한사전에는 "바삭바삭, 바스락바스락, 꺼칠꺼

칠"이라는 뜻으로 나와 있는데, 문맥상 '아직 배가 고파서 군성거린다'는 뜻으로 보아, '군성군성'이라 번역했다.

40 파울 클레. 1879-1940. 독일의 화가로 현대 추상회화의 시조.

41 홋카이도의 민요. 홋카이도 지정 무형민속문화재.

42 포르투갈의 전통적 가요. 파두는 '숙명'을 뜻하는 라틴어 'fatum'에서 유래했다고 한다.

43 이에 대한 정확한 정보를 찾지 못했다.

44 지네와 비슷한 종류로, 몸에는 많은 마디와 여러 쌍의 다리가 있으며 머리에는 긴 더듬이가 있는 절지동물. 어둡고 습한 곳에서 작은 벌레를 잡아먹는다.

45 영국산 경마용의 우량종 말.

46 일본 열도를 따라 흐르는 난류暖流. 구로시오 해류라고도 한다.

47 사이타마현 사야마시에 있는 지명인 듯하다.

48 (일본옷의) 겉에 입는 주름 잡힌 하의.

49 심상소학교(초등학교)를 졸업한 아동에게 다시 2년에서 3년의 보통교육을 실시하던 학교.

50 '천녀'는 천부天部에 사는 여성으로, 천제天帝를 섬기는 여관女官의 총칭이다. 인간계에서는 용모와 자태가 단정하고 아름다운 점을 제외하면 사람과 크게 다를 바 없고, 날개옷羽衣이라 불리는 옷을 입고 하늘을 난다고 하는데, 이 날개옷을 빼앗겨 하늘에 돌아가지 못하고, 지상의 남성과 결혼하는 이야기 등이 전해진다.

51 니시카와 준자부로(1894-1982). 시인.

52 메이지 시대(1867-1912).

53 에도 시대 하이쿠의 명인 마쓰오 바쇼가 주장한 작풍作風으로, 일상적인 생활 주변에서 제재를 구하고 거기서 담백한 멋을 찾으려 하는

것을 가리킨다. 단어의 일차적인 뜻은 '가벼움, 경쾌함, 경묘함'인데, 바쇼의 주장을 적극적으로 반영하면 '담백함 혹은 평명平明함'으로 번역할 수도 있겠다.

54 국립국어원 표준국어대사전에 따라 '알람브라 궁전'이 올바른 표기이지만, 원문에서 저자가 '알함브라'와 '알람브라'를 구분해 사용하고 있으므로 그대로 따랐다.

55 옛날 시가詩歌의 가사에 보이는 수사법修辭法. 특정한 말의 앞에 붙여 수식 또는 어조를 맞추기 위해 사용한 말. 5음音 이하이며 관용적 용법인 것이 특징이다.

56 嶋岡晨 編, 心にのこる日本の詩, 講談社 青い鳥文庫, 1998.

57 柳呈 編著, 現代日本詩集 (Ⅳ), 探求新書 284, 1984, 283-285쪽.

58 心にのこる日本の詩, 57-58쪽.

59 小海永二 編, 日本の名詩, 大和書房, 1971 初版/1995 新装版, 241쪽.

60 茨木のり子,〈「櫂」小史〉, (現代詩文庫 20)茨木のり子詩集, 思潮社, 1969 1刷/1982 17刷, 100-109쪽.

61 한국어판.『이바라기 노리코의 한글로의 여행』, 박선영 옮김, 뜨인돌, 2010.

62 『조선민요선朝鮮民謠選』은 김소운金素雲의 것과 임화林和·이재욱李在郁의 것이 있다. 이바라기 노리코가 읽은 것은 1933년 김소운이 일본 동경의 암파문고岩波文庫에서 펴낸 『조선민요선』일 것이다. 김소운 자신의 『언문조선구전민요집諺文朝鮮口傳民謠集』에서 일부분을 뽑아서 스스로 일본어로 번역하여 일본에서 출간한 것이다. 한국어판은 1940년 박문문고博文文庫에서 출간되었다.

63 茨木のり子, ハングルへの旅, 朝日文庫 440, 1989, 14-20쪽.

64 http://kajipon.sakura.ne.jp/kt/shisyu.html

시의
마음을
읽다

초판 인쇄 2019년 10월 18일
초판 발행 2019년 10월 25일

지은이   이바라기 노리코
옮긴이   조영렬
펴낸이   강성민
편집장   이은혜
편집   곽우정
마케팅   정민호 정현민 김도윤
홍보   김희숙 김상만 오혜림 지문희 우상희

펴낸곳   (주)글항아리 | 출판등록 2009년 1월 19일 제406-2009-000002호
주소   10881 경기도 파주시 회동길 210
전자우편   bookpot@hanmail.net
전화번호   031-955-8891(마케팅) 031-955-1936(편집부)
팩스   031-955-2557

ISBN   978-89-6735-670-5 02830

에쎄는 (주)글항아리의 브랜드입니다.

이 도서의 국립중앙도서관 출판시도서목록(CIP)은 서지정보유통지원시스템 홈페이지
(http://seoji.nl.go.kr)와 국가자료공동목록시스템(http://www.nl.go.kr/kolisnet)에서
이용하실 수 있습니다. (CIP제어번호 : CIP2019034954)

geulhangari.com